junior

Mademoiselle V.

Jean-Baptiste Evette

Illustration de couverture :
Christel Espié

Magnard
Jeunesse

chapitre 1

Dans le métro

C'est la sortie du lycée ; par l'étroit passage le long de l'église Saint-Paul Saint-Louis, jusqu'à l'air libre, une foule de lycéens débarque bruyamment dans la rue Saint-Antoine. Certains filent vers la boulangerie ou vers le supermarché, d'autres vont vers la place des Vosges ou vers le bar de Jarente.

Nous nous retrouvons, comme d'habitude, Julien, Anaïs, Thomas et moi ; nous n'habitons pas le quartier.

On s'engloutit dans la bouche de métro. On dévale les escaliers ; on pousse les portes en les laissant se refermer sur ceux qui nous suivent ;

on glisse nos coupons de carte orange dans les machines ; les barrières s'ouvrent pour nous laisser passer et se referment avec un chuintement. On file dans les couloirs, direction Pont-de-Neuilly.

Sur le quai, sous une voûte haute comme celle d'une église, on plaisante ; on se moque les uns des autres. Comme je grimace à une plaisanterie un peu salée, Julien m'appelle « froide Hélène », comme il le fait parfois ; ça ne me vexe pas.

Quand le métro arrive, les portes s'ouvrent et on se bouscule pour entrer, puis elles se referment avec un claquement sec, comme des mâchoires. Et le métro s'ébranle, péniblement d'abord, puis accélère, encore et encore. Il cliquette sur les rails et son bruit répercuté par les parois du tunnel monte jusqu'à devenir un hurlement presque insupportable. Ça ne nous empêche pas de parler ; on crierait plutôt que de se taire. Les stations défilent : Hôtel-de-Ville ; Louvre, avec ses décorations de sépulcres, de gisants et de sarcophages. À Palais-Royal, Thomas descend et un si grand nombre de gens monte qu'on se retrouve serrés, écrasés même, les uns contre les autres. Je déteste ça. Je suis coincée un peu à l'écart et je ne peux même plus parler avec mes amis. À l'odeur indéfinissable du métro, odeur de poussière, de sueur et de désinfectant, se mêle le parfum violent de l'eau de toilette d'une grosse femme à côté de moi.

Je lui tourne le dos pour regarder par la vitre les murs du tunnel, à peine éclairés, qui filent à une vitesse vertigineuse. Je vois des niches creusées dans la paroi, des graffitis obscurs et illisibles, des carrés rouges peints sur un fond blanc qui doivent être des signaux mais qui ressemblent à des peintures abstraites. En même temps, je vois aussi le reflet de l'intérieur du wagon. Je reconnais un bout du dos de Julien et sa nuque, à travers une forêt de bras accrochés aux barres, entre une multitude d'épaules. Je crois que j'aime bien le dos de Julien et sa nuque, mais Julien… Quelque chose a brillé tout près de sa tête, juste un éclat de lumière reflété dans la vitre. Je n'ai pas vu ce que c'était, mais cela a accroché mon œil. Je me retourne. Une tête, des cheveux noirs ébouriffés me cachent Julien. Je donne un petit coup de coude dans le gras de ma voisine pour qu'elle se pousse un peu et que je puisse bouger. Je regarde à nouveau Julien et j'ai l'impression que cette tête aux cheveux noirs mal coiffés se presse contre sa nuque. Incroyable. C'est une fille. Elle a de l'audace, celle-là ! Est-ce qu'elle l'embrasse ? Je détourne la tête. Et Julien qui ne dit rien, qui ne fait rien, qui ne proteste pas. Nous arrivons à Concorde : à la prochaine, Anaïs et moi descendons. Le métro s'arrête mais personne ne descend et la pression ne diminue pas ; ça remue un peu dans le wagon. Un jeune homme avec un gros sac à dos essaie de s'approcher de la sortie. Du coup, je ne vois plus rien. Tant pis ; d'ailleurs, je m'en moque. La rame reprend sa course hurlante dans les couloirs obscurs, nous ballottant en tout sens. On dirait que nous allons de plus en plus vite, comme si le conducteur avait du retard à rattraper. J'entends Anaïs qui rit : « Julien, ça ne va pas ? Arrête ! » Je n'essaie pas de voir. Ça ne m'intéresse plus. Le métro freine, on oscille les uns contre les autres, déséquilibrés par la décélération, on murmure des excuses ou des grossièretés, pour les pieds qu'on a écrasés, les mains qui ont touché les nôtres involontairement. C'est la station Champs-Élysées-Clémenceau : beaucoup de gens se préparent à descendre ; la tension et la presse augmentent de manière sensible. Le sac à dos bouge devant moi. Je ne vois ni Julien ni Thomas. Prise d'une espèce de peur tout à fait irraisonnée, bêtement, oubliant ma colère, j'appelle : « Julien ! »

La fille aux cheveux noirs se retourne vers moi. Je me tais ; car je vois ses yeux, ou plutôt quelque chose d'anormal dans ses yeux. Je ne sais pas quoi, leur éclat ou la taille des pupilles. Quelque chose d'autre me choque dans son visage, mais je ne puis que regarder ses yeux. Ensuite les portes s'ouvrent et c'est la ruée, et la panique… Tout le monde se précipite pour sortir. Je n'échappe à l'emprise de ces yeux que pour voir Julien qui bascule comme une masse, de tout son long, et qui s'effondre par terre, entre les portes, sans même faire un geste pour amortir le choc. Il est allongé par terre, tout blanc, encore plus pâle que moi ; il ne bouge pas. Ce n'est pourtant pas son genre, de s'évanouir. Des voyageurs l'enjambent pour descendre ; Anaïs se penche sur lui, essaie de le redresser, mais il ne réagit pas. Je regarde plus loin : une petite jeune fille aux cheveux noirs marche vivement le long du quai, remontant vers l'avant de la rame. Je tire sur le signal d'alarme, à le décrocher. Ça casse une petite goupille métallique. Je bouscule quelques badauds dont j'ai aperçu les visages déformés par une laide curiosité et, laissant Julien aux mains d'Anaïs, je cours après la mince silhouette.

J'ai l'impression qu'elle y est pour quelque chose. Son empressement à filer me paraît suspect. D'ailleurs, elle accélère, elle se met aussi à courir ; son manteau de cuir oscille au rythme de ses foulées, comme des ailes de chauve-souris. Je vais la rattraper, je gagne du terrain. Et je me cogne brutalement contre quelqu'un ; je marmonne une excuse, je veux repartir, reprendre la poursuite, mais il me retient par le bras. Furieuse, je le regarde enfin. Il a une casquette et une chemise bleu marine : c'est le conducteur du métro qui est sorti de sa cabine.

« C'est vous qui avez tiré le signal d'alarme ?

— Oui. C'est mon ami, Julien. Il s'est évanoui, là-bas.

— Alors, qu'est-ce que vous faites à courir ici ? »

Je veux lui montrer la fille au manteau de cuir, mais, à l'endroit vers lequel je tends la main, il n'y a plus personne. Elle a disparu, comme si elle avait filé dans le tunnel… dans les ténèbres, là où courent des rails chargés d'une intensité électrique foudroyante, là où filent les métros hurlants, aveugles et indifférents. Elle m'échappe ; ça m'énerve, mais tant pis… Avec le conducteur, je reviens jusqu'à Julien. Je m'agenouille à côté de lui. Anaïs a desserré sa chemise et l'a tourné un peu sur le côté. Il est toujours livide et comme exsangue, mais il cligne des yeux. Il tente de se redresser, mais il se rallonge ; manifestement, il n'en a pas la force. Il dit d'une voix étranglée qu'il a soif. Il demande ce qui s'est passé.

« Je crois que tu t'es évanoui dans le wagon, mais on était tellement serrés que tu n'es tombé qu'à la station, quand les gens sont descendus. »

Il ferme les yeux. Ce petit effort semble l'avoir épuisé. Après, tout va très vite ; les pompiers arrivent. Julien est chargé sur un brancard imposant, presque un chariot. C'est un soulagement de les voir faire ; ils ont l'air efficaces et pas du tout affolés. Puis ils demandent si quelqu'un veut les accompagner.

Nous nous regardons, Anaïs et moi. Comme je sais qu'avec ses parents rien n'est simple, je dis très vite :

« Je vais y aller. Occupe-toi d'appeler chez Julien pour prévenir. »

Et je suis le brancard avec les deux cartables, le mien et le sien, un vieux sac kaki plein d'inscriptions. On monte Julien dans les escaliers. Les pompiers font très attention. Puis, en haut, c'est une camionnette rouge qui nous prend en charge. Elle est équipée d'une quantité impressionnante d'appareils médicaux et elle va très vite, avec la sirène, mais je ne regarde guère ce qui se passe dehors. Je me rends juste compte que le décor des rues défile si vite qu'il ressemble lui aussi, vu par la fenêtre de l'ambulance, à un tunnel formé d'arbres et de façades. Un des pompiers examine Julien. Il remarque qu'il a une petite coupure sur le côté du cou, presque à la nuque.

« Ce n'est rien, dit-il en désinfectant la petite blessure. Tu as dû te faire ça en tombant. »

Nous ralentissons, je jette un coup d'œil dehors. Il y a de grands marronniers et des bâtiments déjà anciens. C'est l'Hôtel-Dieu. Nous arrivons dans une petite cour ; nous descendons. Les portes automatiques des urgences s'ouvrent devant nous et nous débouchons dans un très long couloir. Les pompiers discutent un instant à l'accueil, puis ils nous laissent.

L'endroit ne me rappelle pas de bons souvenirs : j'y ai accompagné une fois ma cousine, qui avait essayé de s'empoisonner en avalant un cocktail de médicaments trouvés dans la table de nuit de ses parents. Elle va mieux maintenant, elle habite dans le Sud, mais tout de même…

J'attends, appuyée à côté de Julien. Je voudrais qu'ils se dépêchent ; je m'inquiète un peu pour mon ami, qui est si pâle et qui respire si doucement. Tout autour de nous, du carrelage blanc ; ça fait propre mais c'est froid. Heureusement, une infirmière arrive. Elle se penche sur Julien :

« Il a fait un malaise dans le métro ? Il n'est pas diabétique ?

— Non, répond Julien d'une voix faible.

— C'est drôle, on dirait que ça arrive de plus en plus souvent. Le docteur Hersart va s'occuper de vous. On le fait venir de son service. »

Tout ce qu'elle raconte me paraît bizarre : pourquoi n'est-ce pas l'interne de garde, comme la dernière fois ? Pourtant je ne dis rien. J'essaie de réfléchir. On emmène Julien dans l'une des petites pièces qui donnent sur le couloir. Je le suis sans que personne ne s'y oppose. Comme il a l'air inquiet, je lui tiens la main. Normalement, je ne ferais pas ça, mais les circonstances sont un peu spéciales… Puis le médecin arrive. Il est assez grand, il a les cheveux gris et l'air important. Il semble contrarié ; on l'a dérangé, c'est évident. Il interroge Julien, il l'ausculte, il regarde ses yeux avec une petite lampe, il lui prend la tension. Et enfin il aperçoit la petite coupure ; il s'assombrit tout à fait.

« Et ça, c'est quoi ? »

On dirait presque qu'il en veut à Julien :

« Comment tu t'es fait ça ? En tombant ? »

J'interviens :

« Il ne sait pas. Il était évanoui. »

Alors, il fait comme si tout à coup il découvrait ma présence et il me demande d'attendre dans le couloir. Ça ne fait rien, j'ai des choses à faire ; je sors. Dans le hall d'accueil, je trouve une cabine téléphonique libre ; j'appelle chez moi. C'est ma mère qui répond ; je lui explique le malaise de Julien, les pompiers, l'hôpital. Elle me propose de venir me chercher. Je refuse :

« Ça ira. Je rentrerai dès que le père de Julien sera là. »

Puis j'appelle chez Julien pour vérifier que son père, chez qui il vit, a bien été prévenu. Je laisse passer dix ou douze sonneries mais personne ne répond. Il n'est pas encore rentré et, en effet, je crois me souvenir que souvent il rentre tard et qu'alors Julien dîne seul, d'une pizza surgelée. Tout cela va peut-être prendre plus de temps que prévu.

À mon retour dans le couloir, au moment où j'arrive à la porte derrière laquelle le médecin examine Julien, je vois arriver deux messieurs en costume et cravate. Ils semblent tous deux un peu fatigués. Je ne suis pas tellement surprise lorsqu'ils me disent qu'ils sont de la police nationale ; je m'y attendais vaguement, sans trop savoir pourquoi. Ils se présentent, ce sont le lieutenant Hoël et le lieutenant stagiaire Schwartz.

« Raymond Schwartz », précise le second avec un sourire. Ils ont, disent-ils, quelques questions de routine à me poser en attendant que mon ami puisse leur parler. J'écoute distraitement ; la cravate du lieutenant stagiaire est incroyable : il y a des feuillages verts, de toutes les nuances, une panthère… Je crois bien que c'est un détail d'une toile d'un peintre célèbre dont le nom m'échappe.

Enfin, je leur raconte ce que je sais, que Julien a perdu conscience, qu'il est tombé à la station Champs-Élysées-Clémenceau, sur le quai, que c'est un garçon solide et que je n'ai jamais entendu dire qu'il fût sujet à des malaises. Je ne leur parle pas de la jeune fille aux cheveux noirs que j'ai poursuivie ; je ne sais plus très bien pourquoi j'ai couru après elle ; ce serait trop compliqué à expliquer. Il vaut mieux que je m'en tienne à quelque chose de simple et de clair. Je reste muette, un peu embarrassée, et j'ai l'impression qu'ils me regardent bizarrement.

Par chance, le médecin sort enfin de la petite salle ; il se dirige vers les policiers et les entraîne à l'écart pour leur chuchoter quelques mots. Ces trois-là se connaissent déjà, personne ne s'est présenté, ils ne se sont même pas dit bonjour. Ils reviennent et nous entrons tous voir Julien. Il n'a pas tellement meilleure mine. Le docteur explique :

« Un étourdissement sans gravité… Un peu d'anémie, sans doute… Carence en fer… Il est tombé et il s'est entaillé superficiellement le cou, sûrement sur l'encadrement de la porte. »

Les deux lieutenants répètent la même chose :

« Un étourdissement ; une coupure sans gravité...

— On va tout de même le garder vingt-quatre heures en observation », ajoute le médecin.

J'ai l'impression que quelque chose ne va pas. Ils ont l'air un peu gêné ; ils ont un ton un peu trop plat. Et ce lieutenant stagiaire, Raymond Schwartz, me regarde avec une insistance vraiment étrange. D'ailleurs, nous sommes trop nombreux dans ce minuscule espace surchauffé et cela devient étouffant. Le malaise monte ; est-ce que quelqu'un a menti ? Le lieutenant stagiaire me regarde toujours ! Je dis que je vais rappeler chez Julien et je sors ; dans le couloir, je me sens mieux. Je réussis à joindre son père et il finit par arriver, un quart d'heure plus tard, essoufflé et décoiffé, amenant, en même temps que son inquiétude, une bouffée d'énergie et d'air frais. Il est sympathique ; il n'y peut rien, il semble né comme ça. Il trouve le temps de me sourire ; il embrasse son fils, il se renseigne auprès du médecin, il salue les policiers, trouvant tout de suite le ton juste pour leur parler. On lui donne une version édulcorée et insipide de l'accident, puis le médecin l'entraîne dans le couloir avec les policiers. J'en profite pour expliquer à Julien qu'il faut que je rentre chez moi ; il est déjà tard. Je murmure qu'on va venir le voir demain, qu'il se remette vite. Il essaie de sourire, le résultat est un peu terne mais je suis émue. J'ai une espèce d'envie de le prendre dans mes bras. Alors, je me dépêche de sortir ; je cavale dans les couloirs avec mon cartable. Au moment où je m'apprête à sortir sur le parvis, quelqu'un m'appelle :

« Vous connaissez le poème d'Edgar Poe "To Helen" ? » C'est Raymond Schwartz.

Je réponds : « Non. »

C'est faux : Thomas, qui lit l'anglais avec une aisance qui rend tout le monde jaloux, me l'a montré un jour. Je n'en ai compris que la moitié. Mais aujourd'hui, je n'ai pas envie de discuter avec ce bonhomme. Il me tend une petite carte de visite ; une carte minable, de celles qu'on se fait imprimer dans les gares pour trois euros.

« Appelez-moi si un détail, même superficiel, vous revient. »

Et, sans aucune gêne, il me fait un clin d'œil. Je

n'en reviens pas. Je rougis ; je ne veux pas, j'essaye de respirer profondément, mais je rougis tout de même.

Piteusement, je réplique :

« Vous avez une très belle cravate !

— Merci. » Il n'a pas senti l'ironie ou n'a pas voulu la sentir, et il fait demi-tour.

Je marche jusqu'au métro. J'ai l'impression que le lieutenant Schwartz n'est pas normal. Est-ce que ça existe, un lieutenant de police avec une cravate comme ça, qui cite des poèmes ?

En attendant sur le quai, je regarde la carte de visite. D'un côté son nom, deux numéros de téléphone, son curieux grade de lieutenant stagiaire ; au dos, deux mots griffonnés d'une écriture mince et pointue ; je mets un moment à les déchiffrer : « Beauté convulsive » ! Qu'est-ce que ça veut dire ? Qu'est-ce qu'il s'imagine ? Je l'insulte copieusement en pensée. Je chiffonne le bout de carton et je le jette sur la voie au moment où le métro arrive. En rentrant chez moi, je repense à l'accident : pourquoi ai-je couru après cette fille ? Par jalousie ? Parce qu'elle courait elle aussi ? Non, c'est à cause de ses yeux et surtout de ce que j'ai vu sur son visage, ce que j'ai vu de dérangeant, je ne sais pas bien quoi… Du rouge à lèvres mal appliqué, une tache de naissance, une trace de sang ? Non, je ne crois pas à ces histoires sorties de l'imagination des écrivains, je ne suis pas superstitieuse. Je n'ai pas peur des fantômes, pas plus que des lieutenants stagiaires. Et j'ai le bac français dans deux mois.

chapitre 2

Le cauchemar

Julien n'est pas revenu au lycée de la semaine. Je suis allée le voir mercredi. Vingt-quatre heures d'observation, tu parles ! Ils lui ont fait plusieurs prises de sang, une transfusion, des vaccins contre le tétanos, l'hépatite et je ne sais quoi encore ; il prend des antibiotiques trois fois par jour. Bref, on ne nous a pas tout dit et, comme d'habitude, sous prétexte de rassurer les plus jeunes, des adultes ont raconté n'importe quoi. S'il a une maladie grave, on ferait mieux de le prévenir ; c'est en tout cas ce que je voudrais qu'on fasse pour moi.

Ce qui est rassurant, pourtant, c'est qu'il reprend peu à peu des couleurs ; ses cernes s'effacent. Il commence à se plaindre d'être gardé là ; il en a assez d'être traité comme un bébé. Les infirmières, en sa présence, parlent de lui à la troisième personne : « Il a l'air d'avoir meilleure mine, le petit… »

Je lui ai donné des photocopies des cours pour qu'il puisse suivre, mais il les a fourrées dans le tiroir de sa table de nuit en grognant.

Au lycée, pendant un cours de géographie un peu mou, j'ai demandé à Thomas ce que c'était une « beauté convulsive ». Il m'a répondu : « La beauté sera convulsive ou ne sera pas », quelque chose comme ça. C'est dans un livre d'André Breton sur les surréalistes. J'ai regardé Thomas avec admiration, mais ça ne m'a pas aidée à comprendre ce que Schwartz avait voulu dire. Est-ce un policier surréaliste ?

Tous les jours, je prends le métro et je ne peux m'empêcher de guetter la petite jeune fille agile aux cheveux noirs comme l'aile du corbeau et aux yeux fous. Le hasard, parfois… Cependant, il y a dans ces couloirs et dans ces wagons tant de visages que c'est un exercice vertigineux et déprimant. À part ça, les cours et les soirées se déroulent sur le même rythme un peu terne, à peine égayé par le retour du soleil. Jusqu'au vendredi soir.

Je suis rentrée tard, fatiguée ; et la nuit, j 'ai fait un rêve terrible.

Je rêve que le métro dans lequel je suis ne s'arrête pas à la première station que nous traversons, ni à la seconde ; en fait, il continue sans plus jamais s'arrêter, de plus en plus vite, sur une voie qui semble descendre de plus en plus profond, vers les entrailles de la terre. Il accélère tellement que les secousses et les trépidations deviennent très violentes. Affolée, je regarde les autres voyageurs autour de moi : ils semblent profondément abattus, prostrés même, mais pas du tout étonnés. Je veux en interroger un qui est plus près de moi ; il met un doigt sur sa bouche pour me recommander de me taire. J'insiste tout de même. Alors, d'une voix blanche, sans timbre, il articule :

« Il est trop tard pour les questions, trop tard pour les doutes, trop tard même pour avoir peur… »

Du coup, je me tais ; j'ai compris et mon cœur gèle, se lézarde, tombe en morceaux au fond d'un abîme, laissant dans ma poitrine un vide de silence et de tristesse que rien, je le sais, ne pourra plus combler : nous sommes morts et ce métro nous emmène au royaume des ombres. Sans savoir quand ou comment, je suis morte.

Après une descente qui me paraît d'une longueur mélancolique malgré sa rapidité infernale, la rame finit par s'arrêter au bord d'un quai lugubre et ruiné, à peine éclairé par quelques ampoules nues… Je suis les autres dans un couloir encombré de plâtras et de détritus, enjambant des flaques d'eau sale où luisent des irisations suspectes. Tout au fond, nous aboutissons dans une grotte vaste et haute, éclairée je ne sais comment. Des baraques en planches forment une espèce de village minable ; les rues sont boueuses et, par endroits, noyées sous dix centimètres d'eau. Il y a un fast-food qui présente derrière une vitre crasseuse des hamburgers effondrés, un peu verdâtres. Il en sort quelqu'un que je reconnais malgré la douloureuse transformation qu'elle a subie. C'est Maud Belin, une ancienne camarade de classe que je n'ai pas revue depuis longtemps. Elle est si maigre et si exsangue que je n'ose pas lui adresser la parole, de peur d'apprendre quelque chose de trop effrayant sur le sort qui m'attend.

Après avoir erré sans but entre les baraques, j'entre dans l'une d'elles, qui est un peu à l'écart. Il y fait noir mais, dans l'obscurité, deux yeux brillent. Leur éclat me remplit d'horreur ; elle m'attendait, seule, dans les ténèbres.

Bien sûr, je me réveille brutalement, secouée par une grande décharge nerveuse, et j'ai du mal à me dégager des mauvaises brumes du rêve. La jeune fille du métro… J'en suis sûre, elle est en bas, quelque part dans les labyrinthes du sous-sol. Je croirais presque que c'est elle qui m'a envoyé ce rêve. Pour y échapper, je me remue ; dans la salle de bains, je me débarbouille à l'eau froide ; je me reprends. J'ai moins peur, mais un certain malaise persiste. Certes, j'ai déjà fait des cauchemars affreux – une fois, j'ai rêvé que je nageais dans un lac et qu'une vipère me mordait à la cuisse – mais jamais ils n'ont été aussi précis, et surtout aussi persistants. Même après une tasse de thé avec ma mère, j'ai du mal à sortir de chez moi et à prendre le métro pour aller au lycée.

Je le fais tout de même. Dans les souterrains, les visages défilent ; presque aussi ternes et indifférents que dans mon rêve ; c'est comme si les gens étaient masqués. Lorsque j'en sors, à la station Saint-Paul, devant le lycée, je suis tout heureuse de retrouver la lumière du jour et même la pluie, qui me paraissent être des signes de vie.

Pendant la journée, j'ai du mal à écouter les cours ; même ceux qui m'intéressent d'habitude n'arrivent pas à retenir mon attention qui divague. Je pense trop souvent aux couloirs déserts du métro, à l'aspect qu'ils prennent la nuit, une fois que tout le monde est parti. J'ai vu une fois sur les rails, très tard le soir, une énorme machine à l'allure archaïque, sans voyageurs, qui avançait au ralenti…

Le malaise continue jusqu'à la fin de l'après-midi et atteint son sommet en cours de latin : je respire mal dans la classe dont l'air est chaud et vicié. Je dis au professeur que je ne me sens pas bien et je vais respirer dans la cour, sous les deux platanes. Je repense au rêve de la nuit ; j'en frissonne encore. Quelle horreur !

Au lieu de rentrer directement, je fais un crochet par l'Hôtel-Dieu, pour voir Julien ; ça me rassurera un peu ou bien, en tout cas, je saurai plus précisément de quoi j'ai peur.

Julien a encore l'air fatigué mais on lui a promis qu'il sortirait lundi. On a ensuite parlé de choses et d'autres. Il m'a demandé qui, dans la classe, avait pris de ses nouvelles ; cela m'a étonnée. D'habitude, il semble se moquer pas mal de savoir si les autres s'intéressent ou pas à lui. Je suis allée chercher deux cafés au distributeur du hall et, pendant que nous les buvions, je lui ai demandé s'il dormait bien.

« Pas trop, répond-il. Je fais des cauchemars… Des cauchemars assez affreux…

— Moi aussi, j'en fais, depuis… »

Mais nous n'allons pas plus loin dans nos confidences. Nous sommes plutôt pudiques ; l'un comme l'autre.

Et je rentre chez moi. Bien sûr, ce rêve était particulièrement désagréable, mais je suis une fille sérieuse, solide, du moins jusqu'à maintenant.

Le lendemain pourtant, il y a un devoir de mathématiques et je le rate ; impossible de me concentrer sur ces petits signes néo-grecs qui, tout à coup, me paraissent être une sorte de code secret sans message… Le soir, entraînement de judo au gymnase du dix-septième arrondissement, à côté de la mairie. Tout d'abord je n'ai pas envie d'y aller, mais je me force : il faut de la persévérance, là comme ailleurs.

Une fois sur place, ça va déjà mieux : l'échauffement me fait du bien, un peu de fatigue et les muscles qui se préparent, qui jouent plus librement…

On revoit les enchaînements de la semaine précédente, et on tombe à grand bruit ; les bras claquent sur les épais tatamis, puis, pour finir, quelques combats. Jennifer doit peser dix kilos de plus que moi, et ce n'est pas facile… Sans le faire exprès, elle m'écrase le pied, ça me fait mal. Et, du coup, je ne sais pas vraiment ce qui me prend, je m'énerve, je me déchaîne. Je deviens mauvaise et brutale. C'est comme si je me vengeais sur elle de mes soucis et de mes peurs. Je la coince, je la jette à terre ; je la bloque d'une prise à la jambe. Je pèse trop. Elle crie de douleur. Effarée, je la lâche et je recule de plusieurs pas. Qu'est-ce que j'ai fait ?

On me demande des explications. Je ne sais pas quoi dire, alors je me fais sévèrement reprendre et renvoyer au vestiaire, tremblante et honteuse. J'ai exagéré. Il ne faut pas que je me laisse dévorer par un bête cauchemar. Il ne faut pas que j'en sois changée. Après la douche, j'attends Jennifer. Je la prie de m'excuser ; elle sourit. Elle ne m'en veut pas. Et, du coup, l'incident perd de sa gravité. Je rentre moins inquiète. Plus tard, je dîne avec les parents ; tout est calme. Je suis normale ; tout est normal. Les fantômes sont loin.

À vingt et une heures, le téléphone sonne. Mon père répond, puis me passe le combiné.

« Bonjour, Hélène. Je ne te dérange pas ? »

Tout d'abord, je ne reconnais pas la voix. C'est celle du père de Julien. Pourquoi appelle-t-il ? Il commence par me remercier d'être restée avec son fils le jour de l'accident, puis d'être venue le voir.

« De rien, de rien… »

Je ne vois pas de quoi je peux être remerciée. De bien aimer Julien ? Puis il devient confus. En fait, il a une question à poser et il met un certain temps à trouver les mots.

« Je voudrais te demander si… Enfin, est-ce que le malaise de Julien… Est-ce qu'il s'est passé quelque chose de spécial que tu n'aurais pas raconté ? Tu avais un drôle d'air, à l'hôpital… »

Je l'aime bien. Il est tout à fait sympathique, mais la manière dont il m'a devinée me refroidit et je me ferme comme une huître.

« J'ai déjà répondu aux questions de la police ! »

Et puis, de toute manière, est-ce qu'il s'est vraiment passé quelque chose de spécial ? Je ne sais pas. Je m'obstine à me taire. Tout de même, je donne une précision, car soudain je crois deviner la nature de son inquiétude.

« En tout cas, si c'est à ça que vous pensez, il n'est pas question de drogue. Ce n'est pas dans nos habitudes. On sortait tout droit du lycée et c'est arrivé comme ça, d'une manière plutôt inexplicable. »

Et je finis : « Allez, au revoir ! Ne vous faites pas de souci ! » Je parle le plus gentiment que je peux.

La semaine finit mal. Samedi, ambiance pesante et querelle familiale. J'ai traîné un peu plus que d'habitude sur le chemin du retour et, à la maison, mon père m'accueille d'un :

« J'en ai assez ! Tu rentres pour te mettre les pieds sous la table. Tes dernières notes étaient catastrophiques. Tu n'es pas à l'hôtel ! »

J'ai crié : « Oh, ça va ! » et j'ai filé dans ma chambre. Je sais bien que ce n'est pas une réponse ; je n'ai pas de réponse parce qu'il a raison et que j'ai tort. Il se trouve simplement qu'en ce moment j'ai d'autres soucis, et que j'ai quand même besoin de retrouver un toit, un repas et l'affection inquiète de mes parents. Mais ce serait un peu difficile à expliquer.

Je suis trop énervée pour travailler ou pour lire vraiment, et les quelques revues que je feuillette, au lieu de me distraire, me paraissent dans le meilleur des cas stupides et, pour certaines, bizarres, voire même inquiétantes. Les modèles ou les actrices qui posent ont des sourires trop rouges, trop pleins de dents brillantes. Je reste sur mon lit, à regarder le plafond, jusqu'à l'heure du dîner. Il est lugubre, comme il fallait s'y attendre. Nous sommes tous un peu embarrassés, un peu sur la défensive, et c'est finalement un soulagement général lorsque nous nous asseyons devant la télévision, dispensés de parler et même de penser, grâce aux mirages qui scintillent sur l'écran bleuté. Au journal du soir, une minute est consacrée à un événement curieux et inquiétant : une série de malaises dans le métro ; un spécialiste en épidémies parle d'un virus grippal particulièrement agressif qu'on n'a pas encore réussi à isoler. Le cas de Julien a-t-il un rapport avec ce virus ? « Il ne faut pas s'inquiéter outre mesure » : c'est la conclusion rassurante du présentateur, qui sourit si gentiment qu'on veut bien croire tout ce qu'il nous raconte.

chapitre 3

Vampires, oupires et brucolaques

Ce matin, lundi, Julien est revenu au lycée, encore un peu pâle et un peu hésitant sur ses jambes. À midi, nous avons trouvé le moyen de discuter dans un coin de la cour, à l'écart des autres. Je l'ai interrogé sur l'accident ; il n'avait pas envie d'en parler, et j'ai dû insister. Le vertige atroce et nauséeux qu'il avait ressenti est encore trop présent pour qu'il s'explique facilement. Il me dit juste que ça avait commencé par une sensation de froid dans la nuque, puis était venue une espèce de somnolence plutôt agréable, et c'est au moment où il en était sorti qu'il avait ressenti ce terrible vertige et qu'il était tombé.

Nous avons parlé du « virus », sans vraiment y croire.

Le soir, comme son père est venu le chercher en voiture et que Thomas va au cinéma avec Anaïs, je prends le métro seule. Je me sens un peu bizarre, je dévisage les filles aux cheveux noirs, sans retrouver celle qui m'intéresse. Quand je descends à Champs-Élysées-Clemenceau pour changer, tout à coup je le vois. Il guette quelqu'un ou quelque chose. Lui aussi m'a vu. Raymond Schwartz, tout souriant dans son costume gris barré d'une cravate rouge et or. J'ai l'impression que c'est moi qu'il attendait et ça me met en colère. Je marche droit sur lui, les poings serrés, la tête baissée. Il sent tout de même que quelque chose ne va pas puisqu'il recule de deux pas quand j'arrive près de lui. Le fait qu'il ait battu en retraite calme un peu mon indignation ; je demande d'un ton sec :

« Qu'est-ce que vous faites là ? Vous me suivez ?

— Du calme… Du calme… J'ai le droit d'être là ; j'enquête, voilà tout. »

Il y a un gros livre qui déforme la poche de sa veste.

« Vous espérez trouver quelque chose ici ? Un virus ?

— On ne sait jamais… Il faut laisser le hasard objectif se manifester.

— Le hasard quoi ?

— Le hasard objectif. On ne vous apprend donc rien à l'école ? »

C'est mesquin ; je me contente de hausser les épaules. Il reprend :

« C'est une catégorie d'événements qui ont toutes les apparences du hasard, mais qui sont riches de sens et qui semblent obéir à des règles secrètes et puissantes.

— Ça ne me paraît pas très convaincant.

— Et pourtant, aujourd'hui, voyez-vous, ce hasard-là fait que je vous rencontre… »

Il a réponse à tout, et ça m'énerve.

« Encore faut-il que ce soit vraiment un hasard… Et même si c'en est un, il ne me paraît pas avoir beaucoup de sens. »

Et j'ai pris le couloir de correspondance sans lui laisser le temps d'ajouter quoi que ce soit. Juste avant de le quitter, j'ai entr'aperçu le haut de la couverture du gros livre qu'il avait dans la poche ; il y avait un nom, Stocker ou Stoker, quelque chose comme ça. Cela m'intrigue tout de même et, une fois arrivée dans mon quartier, je passe à la librairie et je demande à l'un des libraires s'il connaît des livres écrits par un certain Stocker ou Stoker. Il hésite un peu, fait des grimaces, soupire et puis, tout à coup, son regard s'éclaire.

« Mais oui ! Bien sûr, je ne connais que ça. Bram Stoker, c'est l'auteur de *Dracula*. Un fameux roman, je l'ai si vous voulez.

— Dracula ?

— Oui. Vous êtes sûre que ça va ? Vous avez l'air un peu pâle, tout à coup. Vous voulez un verre d'eau ?

— Non, ça va aller. Merci, je me sens déjà mieux. »

Me voilà dans la rue, la tête pleine d'un tourbillon de questions et de craintes. *Dracula*... Qu'est-ce que ça veut dire ? Le lieutenant stagiaire lit *Dracula* et fait des clins d'œil. Julien avait une blessure dans le cou, et la jeune fille aux yeux fous, une tache rouge sur les lèvres. Du moins, c'est ce que j'ai cru voir. Je ne veux pas y croire. Je ne sais plus à quoi m'en tenir. Un... Une vampire... Pas dans un château, pas dans un cimetière ni dans une abbaye en ruine ; non, un vampire dans le métro parisien, à la fin du vingtième siècle ! Alors, les policiers et le médecin auraient menti… Pour nous rassurer, encore une fois ?

Et les malaises dans le métro ? Tu parles d'un virus… Ce seraient d'autres victimes d'un vampire. Ces yeux fous m'ont hypnotisée… Je marche, je marche sans m'en rendre compte jusqu'au square des Batignolles pour essayer d'assimiler tout ça, de calmer mon esprit qui s'emballe. Je m'assois sur un banc, à côté du manège, ce qui ne m'empêche pas d'entendre les trains ou le métro qui passent en contrebas, en direction de la gare Saint-Lazare, dans la grande fosse. Cette fille mord les gens dans les wagons, aux heures d'affluence… Est-ce qu'elle les mord ? je n'ai rien vu de vraiment probant. Et elle circule là-dessous, dans les couloirs, les escaliers, les wagons du métro, dans ceux du R.E.R., et peut-être même dans les autres réseaux souterrains qui doivent leur être reliés : les égouts, les anciennes mines d'où provient la pierre de la plupart des édifices de Paris, et encore les tunnels où passent les câbles du téléphone, les tuyaux de gaz, les fils électriques… Peut-être même a-t-elle ainsi accès aux caves des immeubles… Il faut que je vérifie que les caves en bas de chez nous ne communiquent pas avec un de ces souterrains, sinon, je ne vais pas pouvoir dormir tranquille…

Est-ce qu'elle se transforme en chauve-souris, la nuit, quand tout le monde est parti, pour filer à toute allure dans les tunnels déserts ? Depuis quand est-elle là ? Depuis quand les gens sont-ils pris de malaise dans le métro ? C'est peut-être elle qui, depuis ses cachettes souterraines, nous envoie des cauchemars terrifiants… Qu'est-ce que je peux y faire ? En tout cas, une chose est claire. Rien ne me fera retourner dans le métro. Plutôt aller à pied.

Je finis par me décider à rentrer ; avant de monter je jette un coup d'œil à la porte de la cave. Elle est solidement verrouillée. Manque de chance, au dîner, alors que j'ai encore la tête pleine de ces histoires trop folles pour que je puisse en dire un mot à mes parents, mon père dépose sur la table un rôti de porc. Il le découpe ; il n'est pas tout à fait assez cuit, il est vaguement rose et saignant au milieu. Je suis prise d'une assez forte envie de vomir devant le morceau de viande qu'il fait glisser dans mon assiette. Je dis que je ne veux pas de viande ce soir, et dans le mouvement, puisque j'y suis, j'annonce que d'ailleurs je n'en mangerai plus.

« Je vais devenir végétarienne. Si, si, je vous assure. Non, ce n'est pas mûrement réfléchi, mais c'est comme ça. »

Mon père est choqué par la brutalité de ma décision ; il proteste. Ma mère réplique que je n'ai plus l'âge qu'on me force à manger quoi que ce soit. Elle est plus fine ; elle se dit que si elle attend, ça finira peut-être par me passer…

Si je m'étais contentée de ça, je crois que tout se serait assez bien arrangé, mais j'ajoute :

« Je trouve qu'il y a quelque chose de suspect dans le fait de manger de la viande… On prend un risque, vous ne trouvez pas ?

— Qu'est-ce que tu racontes ?

— Je ne sais pas bien, mais… Est-ce qu'il y a loin entre le fait de manger de la viande et le cannibalisme, heu, l'anthropo… ? L'anthropophagie, c'est ça. Je veux dire, est-ce qu'il n'y a pas un risque de confusion ? »

Ils se taisent, consternés. Je crois que j'aurais mieux fait de ne pas trop m'expliquer. Pour moi, si j'y réfléchis, c'est presque clair ; c'est à cause du vampire… Je veux être aussi différente que possible de cette chose cannibale dans les sous-sols, mais je ne peux pas tout leur raconter, pas encore. Pour cette fois, ils ne m'ont pas proposé de rendez-vous chez un psychologue, mais ils ne tarderont sans doute pas, pour peu que j'aie une nouvelle lubie. Je me replie dans ma chambre pour travailler un peu. Je lis quelques pages du dictionnaire philosophique de Voltaire. Pas longtemps, j'ai la tête qui tourne trop ; de plus, ça chuchote dans le salon, et ça marche sur la pointe des pieds, ça téléphone à voix basse. L'atmosphère étrange et inquiète me tape sur les nerfs. Je me couche tôt ; le mieux, ce serait de dormir. Malheureusement, le sommeil ne vient pas. Où est-elle, maintenant, dans quelle station, dans quel tunnel, ou même dans quel centre commercial ? Il y a aussi le Forum des Halles, le carrousel du Louvre et les galeries marchandes enterrées sous les gares… Y a-t-il des endroits auxquels elle ne saurait accéder ? Je voudrais ne pas y penser, mais je ne peux pas. J'ai trop chaud, je repousse ma couverture, je retourne l'oreiller pour avoir contre ma joue du tissu plus frais. J'attache mes cheveux pour ne pas les avoir sur les yeux ou sur la bouche. En vérité, mon corps m'encombre ; ce soir, je ne sais pas dans quelle position m'installer pour trouver le repos. Je voudrais dormir. Mais si le cauchemar revenait ?

En fait, il n'y a qu'une solution ; il faut prendre une décision à laquelle s'accrocher, farouchement. Cela fera au moins quelque chose de solide dans ce marécage d'angoisses mouvantes. J'ai eu tort de décider de ne plus aller dans le métro. Mieux vaut affronter sa peur. Je ne vais pas reculer devant elle. Je vais l'attaquer de front. Au lieu de me cacher les yeux, je vais les ouvrir grands. Je vais chercher la fille aux cheveux noirs. Je vais la trouver et je vais lui casser la figure, une bonne fois. Le vampire…

Demain, j'irai à la bibliothèque d'arrondissement et je me documenterai sur mon ennemie. Elle a mordu Julien. Rien de tel qu'une décision farouche ; maintenant, je vais dormir.

Le lendemain, je prends le métro et je regarde, je cherche, je guette. Je crois d'ailleurs la voir plusieurs fois, mais dès que je regarde mieux, dès que je change d'angle de vue ou que je m'approche un peu, je me rends compte que ce n'est pas elle. Ce sont des choses qui arrivent ; parfois, quand on voudrait voir quelqu'un, on y arrive, mais ce n'est pas lui… Des faux Julien, j'en ai déjà vu dans mon quartier. Le vrai, lui, n'y met jamais les pieds, il habite du côté du métro Franklin-Roosevelt, derrière les Champs-Élysées. Entre deux cours, j'ai essayé de lui parler de la résolution que j'ai prise, mais manifestement la question de l'accident ne l'intéresse plus. Il ne veut plus du tout en discuter.

En rentrant à la maison, j'ai fait un détour en passant par une autre ligne ; changement à Charles-de-Gaulle-Étoile, direction Nation. Peine perdue ; j'ai rallongé mon itinéraire sans rien voir de plus. Le réseau est tellement grand, il y a tellement de stations, et dans chaque station tellement de couloirs et d'escaliers, qu'il faudrait une coïncidence inouïe pour que nous passions toutes deux au même endroit et au même moment. J'ai ensuite emprunté à la bibliothèque quelques ouvrages qui traitent des vampires. Je les ai dissimulés dans mon cartable. Dès le soir, je m'y mets ; au début, je feuillette rapidement, puis les histoires, les drames me happent et me retiennent dans leurs labyrinthes venimeux. J'y consume la plus grande partie de ma nuit. Et d'autres nuits encore. Il y a *Dracula*, bien sûr, et puis *Vampyre* du docteur Polidori, le médecin du poète anglais Byron, à ce que dit la couverture, et encore *Lord Ruthwen* de Nodier, qui s'avère un plagiat étendu du précédent, et aussi *La Morte amoureuse*, de Théophile Gautier, dont le vampire, comme le mien, est une femme et qui ne mord pas sa victime, mais la pique avec une aiguille. L'éclair métallique que j'ai cru voir avant que Julien ne tombe s'explique peut-être ainsi, une aiguille ou une petite lame. Apparemment, les vampires sont des morts animés et j'ai presque un instant de tristesse et de compassion pour la fille. Elle est bien jeune pour être morte. Heureusement, ça me passe. Aucun de ces livres ne parle de canines proéminentes, et il ne m'a pas semblé que mon vampire en avait. Je crois bien que les clichés du cinéma ne vont pas être très utiles dans nos sous-sols modernes. Si j'ai pris conscience de la fascination dangereuse qui attire vers ces personnages maléfiques, pratiquement les livres ne m'ont pas beaucoup aidée. Je ne pense pas que les pieux, les crucifix et les gousses d'ail aient de l'efficacité dans le métro.

Le seul essai sérieux que j'aie trouvé sur le sujet remonte au dix-huitième siècle : *Dissertation sur les revenants en corps, les excommuniés, les oupires, ou vampires, brucolaques, etc.* par un certain dom Augustin Calmet, moine bénédictin. Or, par une curieuse coïncidence, certains des extraits du *Dictionnaire philosophique* de Voltaire que nous étudions en ce moment en cours de français parlent de lui. Voltaire se moque à plusieurs reprises et bien cruellement du naïf dom Calmet. Pourtant, les événements survenus dans le métro ces derniers temps tendraient à montrer que, sur un point au moins, le bénédictin poussiéreux et gothique a eu raison contre Voltaire. Ça change beaucoup de choses. J'ai essayé de parler de ma découverte à monsieur Leduc, notre professeur de lettres, un homme très, très sérieux, mais ouvert à la discussion, normalement… Je lui ai demandé si ces histoires de siècle des lumières, de siècle des philosophes et de siècle de la raison n'étaient pas des bêtises, brillantes certes, mais fausses, inventées pour cacher tout ce qui était noir, confus, tourmenté, plein de gouffres et de menaces souterraines. S'il était possible que dom Calmet ait stupidement raison et Voltaire brillamment tort.

Il m'a regardé avec des grands yeux. Il était visiblement choqué, il a répondu :

« Je ne vois pas bien… Le dix-huitième siècle fonde l'ère moderne. Je trouve vos idées dangereuses… Critiquer Voltaire, c'est faire l'éloge du fanatisme, de la superstition. Attention, les examinateurs du bac ne sont pas du tout prêts à tolérer ce genre de chose… »

Je suis désolée. Ce n'était pas vraiment ce que j'avais voulu dire. Peut-être n'ai-je pas assez réfléchi à la question. Je n'aime ni le fanatisme ni la superstition. Quand, par hasard, une idée me vient, une idée sérieuse, personne ne semble comprendre ce que j'essaie de dire…

Passons. Si la nuit je lis, le jour, je traîne autant que possible dans le métro. Je veux la retrouver, je fais des détours, j'essaye d'autres lignes. Mairie-d'Issy-Porte-de-la-Chapelle, Porte-d'Orléans-Porte-de-Clignancourt, et les autres. J'observe. Je remarque des choses que je n'avais jamais vues. Des messages d'amour griffonnés sur les affiches de la station Montparnasse-Bienvenüe, tous de la même écriture et tous destinés à la même Christelle. À la station Télégraphe, des tracés à la craie sur le sol dans un couloir, avec des mots encadrés ; c'est un appartement, ici la cuisine, la salle de bains là, le salon et la chambre. Je suis presque certaine que celui qui a dessiné ça n'avait pas d'autre maison que le métro et qu'il est resté un long moment assis là, à l'emplacement du canapé qu'il avait grossièrement tracé. J'ai vu aussi des palissades de chantier, des stations où le métro ne s'arrête pas ; des colleurs d'affiches avec leurs brosses télescopiques, des rats qui courent sur les rails, des portillons automatiques qui ne servent plus à rien. Des gens qui lisent et qui ratent leur station. Qui lisent des livres savants ou des journaux lamentables avec des filles de papier glacé, tellement plus belles que moi. Des signatures, des tags, des graffitis dans un espéranto incompréhensible et parfois décoratif ; des robinets d'eau non potable, des carreaux vernissés d'un beau vert. La station Arts-et-Métiers, qui ressemble à l'intérieur d'un vieux sous-marin. J'ai vu des musiciens ; j'ai vu des malheureux ; j'ai vu des misérables ; des gens magnifiques aussi, et des vendeurs de cacahuètes à la sauvette ; j'ai vu ou cru voir un ou deux pickpockets. C'est pareil que cette histoire de siècle des lumières. Il y a la ville lumière à la surface et la ville d'ombre en dessous. Et si je n'ai pas réussi à voir la fille aux yeux fous, mon regard, lui, a changé.

C'est parce que, à force de regarder avec beaucoup d'attention un lieu aussi banal et aussi quotidien que le métro, eh bien, je ne sais pas trop comment m'expliquer, on finit par avoir le sentiment que ce n'est plus du tout un endroit quelconque et ordinaire, que ça devient un domaine très étrange, aussi exotique que la Chine ou que l'Afrique, mystérieux et inquiétant, avec ses cryptes, ses catacombes. Forcément, le fait qu'il soit hanté, ça lui donne un aspect plus neuf ; et puis le métro est juste fait pour être traversé, sûrement pas pour qu'on s'y arrête et qu'on le regarde de trop près.

Je passe toute ma semaine à ça, et puis le samedi, coup de tonnerre, mon souci secret devient la propriété de tous. Les petites manigances des deux inspecteurs et du médecin s'effondrent, et la vérité, ou au moins quelques faits véridiques, sont proclamés de manière éclatante. C'est au journal de vingt heures à la télévision. Une femme d'une quarantaine d'années a été retrouvée inconsciente, sur une banquette, dans le dernier métro. Et cette fois-ci, par un hasard inexpliqué, elle ne s'est pas retrouvée dans le service du docteur Hersart à l'Hôtel-Dieu, comme Julien, mais à l'hôpital Boucicaut, dans le quinzième. Du coup, le secret n'a pas aussi bien tenu ; un interne, devinant la bonne affaire, a téléphoné aux journalistes. Maintenant, la télévision, la radio parlent de lui. Il manquait à cette femme des litres de sang, qu'on lui avait prélevés par une incision à la base du cou. D'un ton grave, le présentateur lance la formule :

« Il y a un vampire dans le métro. »

Il fait le rapport avec le soi-disant virus du métro : ce sont en fait d'autres victimes potentielles du monstre… On va nous montrer le ministre de l'Intérieur, mais mon père, stupéfait, coupe la télévision pour m'interroger :

« Alors, le malaise de Julien ?

— Ben oui, je suppose…

— Et toi, tu savais la vérité ?

— Disons que je me doutais qu'il y avait quelque chose de pas clair ; ils l'ont vacciné contre le tétanos, la rage et l'hépatite. Plutôt comme pour une morsure que pour une simple faiblesse due à l'anémie. »

Mon père me regarde ; il ne sait pas trop s'il doit se fâcher. Il me demande pourquoi je n'ai rien dit.

« Je n'étais pas sûre ; je ne voulais pas passer pour une folle. »

Il hoche la tête, presque admiratif, puis ajoute :

« À partir de maintenant, plus personne ne prend le métro. Surtout pas toi, Hélène.

— D'accord. »

Tant pis... Il a ses raisons... Il faut bien que je les accepte de temps en temps.

Ça ne manque pas : le lendemain, les journaux titrent sur le vampire du métro et il y a un embouteillage géant ; tout le monde a sorti sa voiture, son vélo ou sa motocyclette. Personne n'a envie de se faire mordre, de se faire vider de son sang comme un tonneau qu'on mettrait en perce. Du coup, mon bus est bloqué dans un bouchon et j'arrive avec beaucoup de retard au lycée.

On ne parle plus que de ça ; il paraît qu'on a fait descendre dans le métro des escouades de CRS, des maîtres-chiens avec leurs bêtes et je ne sais qui encore.

Pourtant, les journées au lycée continuent à se

ressembler, comme si l'affolement qui paralyse la ville s'arrêtait aux portes de l'établissement. C'est bizarre et rassurant à la fois que nos occupations ici restent aussi immuables, aussi ordinaires, que les professeurs paraissent aussi indifférents à cette panique.

Pour moi, au début du moins, cette vaste publicité donnée aux attaques du vampire est une sorte de soulagement. Je suis allégée d'un souci que je portais toute seule ; maintenant, c'est l'affaire de tout le monde, des voyageurs, des policiers, du ministre de l'Intérieur et de celui des Transports. Moi, je ne prends plus le métro et j'essaie de m'occuper de mes cours et du bac de français qui s'approche.

Mais c'est au début seulement, parce que, voilà, par la suite, l'histoire m'a rattrapée. La nuit de jeudi, après l'entraînement de judo, sans autre avertissement qu'un peu de difficulté à m'endormir, le cauchemar est revenu me hanter ; aussi terrifiant, aussi neuf que la première fois. Les yeux brillants me poursuivent dans les couloirs du métro des morts, puis dans d'autres, plus anciens, parfois taillés à même la pierre. Je fuis de toutes mes forces, mais mes mouvements sont pénibles et malhabiles. Je fais des efforts insensés pour soulever la jambe et pour la lancer en avant afin de progresser. Chaque pas est entravé, comme si je marchais dans une neige profonde, et elle va me rattraper.

Le hurlement de terreur que je pousse me réveille. Je me retrouve assise, en sueur, sur mon lit défait. Mon état ne s'est arrangé qu'en surface. Tout au fond, les ravages continuent. Bien sûr, il est hors de question que je me rendorme, et je passe une nuit blanche à remuer dans mon lit en froissant les draps.

Au matin, je suis à faire peur, les yeux rouges, les traits tirés, avec des cernes. Toute la journée, je suis dans un état lamentable, épuisée, sursautant et frissonnant tour à tour. Pendant les cours, je jette de temps en temps un coup d'œil à julien. Il m'ignore. Il n'a pas l'air très en forme non plus. Il reste abattu et muet, pâle, le cheveu gras. Les heures se succèdent, longues et monotones ; j'ai l'impression que ça ne va jamais finir. Lorsqu'enfin je sors du lycée, Anaïs me propose de venir au bar de Jarente avec elle. J'accepte, trop heureuse de trouver une occasion de me distraire, de penser à autre chose.

Elle me parle d'un garçon qu'elle a rencontré, d'un garçon qui lui plaît bien, et elle a fait tel geste, et il a fait tel autre… Mais ce genre de conversation m'ennuie un peu, sûrement parce que je n'ai pas grand-chose de comparable à raconter, ou alors il faudrait inventer. Du coup, je détourne les yeux, mon regard déraille, comme il le fait quelquefois, sur les affiches, sur les autres consommateurs installés dans le café, sans que je les voie vraiment. J'ai l'impression que je risque de m'endormir sur ma chaise, alors je me redresse, je regarde Anaïs. La bouche d'Anaïs rutile, éclatante, rouge sang sur la moitié des lèvres. J'en renverse mon verre. En fait, elle s'est mis du rouge à lèvres.

« Qu'est-ce qu'il y a ? demande-t-elle.

— Le rouge… Enlève-le. C'est dégoûtant.

— Qu'est-ce qui te prend ?

— Enlève-le ! À quoi ça ressemble ? »

Je me rends compte que j'ai crié ; tout le monde me regarde. J'essaie de me calmer, de ne pas regarder. Mais je ne supporte pas. Je continue :

« On dirait… Je ne sais pas… du sang. C'est trop rouge… C'est indécent…

— Arrête, Hélène ! Tu me fais peur ! »

Effectivement, elle a l'air effrayée, comme si elle ne me reconnaissait plus. Je lui demande pardon. Je lui explique que c'est à cause du vampire. La conversation, cependant, a du mal à reprendre. Anaïs conclut : « D'ailleurs, personne ne t'oblige à en mettre. »

Nous sortons.

Alors que je me dirige vers l'arrêt de bus, Anaïs m'embrasse et part vers le métro. Je la rappelle :

« Tu prends le métro ?

— Je n'ai pas le choix. Mes parents n'ont pas de voiture, et mon quartier n'est desservi par aucun bus commode. »

Je n'hésite qu'une seconde.

Et puis je descends avec elle, tant pis. J'expliquerai à mes parents ; je ne vais pas la laisser y aller toute seule.

Dans la station, quelqu'un nous salue.

« Bonjour, mesdemoiselles, vous cherchez quelque chose ? »

C'est un vieux clochard. Il n'a pas l'air méchant. Je réponds :

« Bonjour et au revoir, monsieur ; ce que nous

cherchons, ce n'est pas à vous que nous allons le dire. »

Il sourit et nous montons dans le métro qui vient d'arriver.

chapitre 4

Monsieur Bienvenüe

C'est décidé : à nouveau, je circule dans le métro ; je surveille et j'observe. Ça ne plairait pas à mes parents, mais si je n'agis pas, j'ai l'impression que je vais me transformer en une sorte de marionnette, secouée par des crises de nerfs. Forcément, là-dessous, il y a moins de monde que d'habitude, et on se regarde avec méfiance, on se demande si son voisin n'a pas une tête de vampire. Les gens qui continuent à descendre dans les sous-sols sont ceux qui n'ont pas tellement le choix. Leur courage ordinaire ou la force de l'habitude les soutiennent.

Je change de ligne, je fais des détours par des

correspondances que je ne prends pas d'habitude. Je croise en effet des maîtres-chiens qui tiennent en laisse des bêtes muselées, nerveuses ; des agents de sécurité en kaki qui tripotent leur matraque en regardant autour d'eux. Heureusement que je n'ai pas les canines trop aiguës ! Un soir, sur le quai d'en face, j'aperçois même Raymond Schwartz, il est en grande conversation avec des agents en uniforme. Par chance, mon métro arrive et je peux monter sans qu'il m'ait vue. Mais je ne trouve nulle part mon vampire aux cheveux noirs et aux yeux fous. Si, avec toutes les caméras, tous les écrans et les postes de surveillance qu'ils ont, ils ne la retrouvent pas, que puis-je, seule dans ce dédale ?

De temps en temps, la télévision donne des détails sur la lutte confuse qui se mène dans les souterrains de la ville ; on a arrêté deux hommes qui avaient des seringues dans leurs poches, puis on les a relâchés. Des témoins auraient aperçu à la station Javel un homme grand, mince et pâle, au comportement suspect. On aurait vu à la station Corvisart une femme étrange, toute vêtue de blanc.

Des égoutiers auraient entendu dans un grand collecteur des gémissements qui ressemblaient aux plaintes d'un loup… Et tout cela ne mène nulle part.

Ce n'est que la semaine suivante que l'enquête officielle avance vraiment, et encore, par hasard. Le vampire du métro a frappé une nouvelle fois, mais cette fois-ci sa victime a eu le temps de le voir avant de perdre conscience et, ce qui ressort de la description recueillie sur son lit d'hôpital, c'est qu'« il ressemble à une femme et qu'il a des yeux fous et fiévreux, des yeux de bête ».

Ce n'est pas comme ça que je l'aurais dit, mais ça ressemble un peu à ce que j'ai vu. Du coup, les services de police ont édité un portrait-robot qu'ils ont photocopié et placardé partout, dans le métro, dans les bureaux de poste, etc. C'est une tête de fille aux cheveux noirs, courts et ébouriffés, aux pupilles dilatées ; à l'exception de ces deux détails, elle ressemble à n'importe qui et je crains que cela provoque plus de soupçons injustifiés et de quiproquos qu'autre chose.

Le lundi, après les cours, je décide de rentrer directement. Je prends le métro à Saint-Paul, toute seule, parce qu'Anaïs et Thomas vont au cinéma. Quant à Julien, son père vient le chercher en voiture tous les après-midi, depuis l'accident. Comme d'habitude, je change à Champs-Élysées-Clemenceau. J'attends le métro sur le quai, et il tarde un peu. C'est ici que tout a commencé, que Julien est tombé et, en regardant machinalement la plaque qui indique le nom de la station, il me vient une idée bizarre. Si je me souviens bien, Champs-Élysées, c'est le nom que porte dans la mythologie grecque le royaume des morts... Quelle drôle d'idée d'appeler comme ça une avenue, et puis une station de métro. « Royaume des morts, tout le monde descend. » Et, comme par hasard, c'est ici que le vampire, « mort vivant » ou « non-mort » à ce qu'en disent les livres, s'est manifesté... Et, comme par hasard encore, le cauchemar qui me hante se déroule dans l'endroit où vivent les morts. Tout semble se nouer autour de cette station pourtant si ordinaire... J'imagine que le lieutenant Raymond Schwartz, avec sa théorie du hasard objectif, en tirerait toutes sortes de conclusions. Moi, ça ne me mène pas plus loin que ça.

Tout en réfléchissant, je regardais un vieux clochard avachi sur un siège. Cette habitude de regarder les gens sans les voir, pendant que je pense ou que je rêve, m'a parfois causé des ennuis. Au début de l'année, un garçon du lycée a cru que je le fixais avec une intention précise et j'ai eu ensuite toutes les peines du monde à m'en débarrasser.

Mais ce vieux-là, je l'ai déjà vu quelque part, et une petite lueur brille dans ses yeux bleus délavés, parfaitement discernable malgré la cornée jaunie, sillonnée de veinules éclatées. Nous avons échangé un regard et, quand le métro arrive, je ne monte pas, sans bien savoir pourquoi. Le signal sonore qui annonce la fermeture des portes retentit ; elles claquent. Le métro souffle et hoquette comme une grosse bête, il repart. Assez vite, nous nous retrouvons seuls sur notre coin de quai. Le vieux parle. Tout d'abord, je ne comprends pas ce qu'il raconte ; je me rapproche un peu. Il dit :

« N'ayez pas peur ! »

Ça m'énerve !

« Peur ? Et pourquoi j'aurais peur ? Vous croyez que vous pouvez me faire peur ?

— Non, non. Mais je sais que je ne suis pas très

beau à regarder et que je ne sens pas précisément la rose… Je voulais juste dire que je n'ai pas l'intention de vous embêter. »

Je souris : « Tant mieux ! »

Et puis je demande :

« Ce n'est pas la première fois que je vous vois ici ?

— Oh, sûrement pas… J'aime bien cette station ; c'est calme. Vous savez, j'habite le métro… Ça a pas mal d'inconvénients. Les lits ne sont pas terribles… Maintenant, ils font des sièges calculés exprès pour vous casser le dos. Pas beaucoup de salles de bains non plus… Le pire, c'est qu'on est souvent dérangé par des gens vraiment pas aimables et parfois brutaux. Du côté des avantages, car il y en a tout de même, disons qu'il n'y a pas d'intempéries ; la température est assez constante. »

Je lui raconte que j'ai vu un appartement dessiné par terre. Il marmonne quelque chose que je n'entends pas. Je fais un effort et je me rapproche encore un peu.

Peut-être que lui sait quelque chose ; je l'interroge plus précisément :

« Vous avez entendu parler de la fille, vous

savez, celle qu'ils appellent le "vampire du métro" ?

— Oh, moi, je sais tout ce qui se passe sur le réseau. Une fille, vous dites ?

— Oui, vous savez, le "vampire du métro" ; ils l'appellent comme ça…

— Moi, je connais par cœur toutes les lignes et toutes les stations, les points d'eau, les sièges, et j'ai mes préférences ; j'aime bien Châtelet-Pont-au-Change, pas tellement Châtelet-Les-Halles, par exemple. »

Je perds mon temps, mais tant pis. J'essaie encore :

« Une fille, vous ne voyez pas ? Les gens qui s'évanouissent…

— Pour sûr. Moi, j'y suis pour rien. Je m'appelle Henri-Fulgence Bienvenüe. C'est un nom breton. Ça ne vous dit rien ?

— Comme la station Montparnasse-Bienvenüe ?

— C'est ça. Exactement. C'est mon grand-père qui a construit les premières lignes. Il s'appelait Fulgence aussi, Fulgence Bienvenüe. Vous voyez, je n'ai pas eu de chance dans la vie… Maintenant, je suis là et je guette ce que devient le métro. Plus j'observe, plus je me dis qu'il y a quelque chose qui ne va pas. Je ne sais pas quoi. Je crois qu'on a fait une mauvaise interprétation du vingtième siècle et du progrès en général. Les avions, les affiches publicitaires, le téléphone, la vitesse, c'était bien beau et prometteur, poétique même au début, et puis bizarrement ça s'est enlaidi ; ça n'a pas été si créatif que ça, finalement. Tout s'est dégradé. C'est bizarre. »

Il désigne d'un geste vague les grandes affiches au-dessus de nous. Ce qu'il raconte n'a aucun rapport avec ce que je veux savoir, mais ça me fascine tout de même. Bêtement, je n'avais jamais pensé que la cervelle d'un vieux clochard puisse bouillonner de tant d'idées.

Il continue : « Je ne suis même pas sûr que mon grand-père ait eu un sentiment clair là-dessus. Vous ne le savez sans doute pas, mais il était à la pointe, vraiment à la pointe. Il a fait geler le sol pour creuser sous la Seine, il a enterré des caissons métalliques préconstruits, tandis que lui, il se chauffait au bois et il s'éclairait à la lampe à pétrole, comme s'il se méfiait… Étrange, hein ? »

Un métro passe. On ne s'entend plus. Il repart, puis un avertissement indistinct grésille dans les haut-parleurs : « Attention ! des pickpockets opèrent dans la station. »

Où sont-ils ? Ce ne peut être ni moi, ni Henri-Fulgence, pas plus que les deux touristes là-bas, au bout du quai. Or, il n'y a personne d'autre dans la station. Ça nous fait sourire, Henri-Fulgence et moi. Abruptement il dit :

« Moi, je ne l'appelle pas "vampire du métro". Je l'appelle mademoiselle V. C'est plus respectueux. Notez, ce n'est pas qu'elle me fasse peur. Elle ne ferait pas de mal à un vieux tout racorni comme moi. Et vous, c'est quoi, votre nom ?

— Hélène, mais…

— C'est joli, Hélène. Ça vous va bien. Ronsard, il n'a pas écrit un poème à Hélène ?

— Je ne sais pas. Je ne suis pas calée en poésie.

— C'est dommage. Vous voyez, mademoiselle V., ce n'est pas la seule, mais elle, elle n'est pas vraiment méchante. J'ai plus peur de la dame blanche de la station Glacière, ou des rats aux yeux rouges qu'on voit quelquefois à République. Pourquoi vous la cherchez, vous ?

— Je ne sais pas bien…

— Vous n'avez pas l'air méchante… Je veux bien vous dire, à vous.

— Quoi ?

— Sous les Halles, les galeries commerciales… vous connaissez ?

— Plus ou moins…

— Elle y passe souvent. Je l'ai vue là-bas à plusieurs reprises. Je ne sais pas ce qu'elle y fait… Peut-être qu'elle vient là simplement pour regarder les vitrines, ou pour avoir plus chaud… »

Je le remercie ; pour la première fois, j'ai une vraie piste, aussi mince soit-elle. Je l'embrasse sur la joue, je me pique sur sa barbe crasseuse, mais ça en valait la peine, son sourire me récompense. Je le remercie encore, puis je lui dis qu'il faut que j'y aille, maintenant. Il a l'air déçu ; il dit :

« Vous me retrouverez, si vous avez encore besoin. Moi, je fais partie de ceux qui restent là où les autres ne font que passer. »

Dans le wagon presque vide qui m'emmène, je me répète sa dernière phrase, qui me semble contenir plus de choses que ce qu'on pourrait penser au premier abord

« Moi, je fais partie de ceux qui restent là où les autres ne font que passer. »

Il a dit aussi qu'elle n'était pas vraiment méchante, ou quelque chose comme ça. Il exagère. Je ne sais pas ce qu'il lui faut… Ça ne suffit pas, de saigner les gens à blanc ?

Aussi, j'ai hâte d'aller aux Halles, vérifier l'information qu'il m'a donnée, mais il est trop tard pour aujourd'hui. Il faut que j'aie du temps devant moi. J'essaierai mercredi après-midi. Ce que je m'apprête à faire, il est vrai, n'est pas du tout raisonnable ; mais ça ne me dispense pas de certaines précautions.

chapitre 5

La poursuite

Mardi, je suis énervée, mais pas comme auparavant ; ce n'est pas seulement de la peur… C'est aussi de l'excitation à l'idée de peut-être la dénicher, de la poursuivre et, qui sait, de l'affronter, de voir qui elle est. Mademoiselle V., comme dit Henri-Fulgence.

Mercredi matin, je me prépare, des chaussures de sport pour courir, une casquette pour retenir mes cheveux. Je préviens mes parents que je rentrerai tard ; je prétexte des révisions à faire avec Julien. Drôle d'excuse, me dis-je après coup ; je n'ai jamais travaillé avec Julien. Pendant les trois heures de cours de la matinée, je regarde mes professeurs bien en face. J'ai l'air d'être là, mais je n'entends qu'une faible partie de ce qu'ils disent. Je me repasse les souvenirs que j'ai des sous-sols du Forum des Halles, des galeries commerciales. J'essaie de trouver par où commencer mes recherches.

Après un sandwich acheté à la sortie du lycée et mangé dans le métro, j'arrive dans le dédale enterré des Halles. Je veux commencer le plus tôt possible. À ce que ma mère m'a dit, il y avait ici jadis un grand marché aux légumes et à la viande qui nourrissait tout Paris, et encore auparavant, un vaste cimetière, le cimetière des Innocents. Je patrouille les allées et les escaliers mécaniques, je fouille les magasins et les couloirs, je dévisage tout le monde, je me retourne, je rattrape des gens pour mieux les voir.

On pourrait croire que je suis courageuse, courageuse jusqu'à l'inconscience, alors que je sais que ce n'est pas ça. J'ai eu trop peur, je préfère affronter un vampire que des cauchemars, c'est tout.

Le problème, je m'en rends compte assez vite, c'est qu'il y a trop de monde, trop d'allées et de contre-allées… J'ai beau me dépêcher, balayer les visages du regard, me multiplier, ils sont toujours trop nombreux ; il m'en échappe quelques-uns. Les gens sont venus de partout faire leurs courses, de toutes les banlieues. La fièvre marchande l'emporte sur la peur du vampire. De plus, ici et là, l'affreux portrait-robot est affiché, avec un numéro de téléphone en chiffres rouges... Elle aussi a dû le voir, et peut-être qu'elle a changé de coiffure ou de couleur de cheveux. Elle risque tout simplement de passer sans que je la reconnaisse. Je me fatigue, à arpenter ces couloirs bordés de vitrines, à regarder les gens sous le nez. Porte Rambuteau, porte Lescot, porte Berger, porte du Pont-Neuf, cinéma Orient-Express, magasins de sport, de vêtements, de chaussures, et encore de vêtements et de chaussures. Passants, patineurs, dormeurs, ivrognes, agents de police qui contrôlent les papiers. Je passe et je repasse. L'après-midi avance. J'ai mal aux jambes à force de marcher sur ces dallages. J'ai les yeux qui me piquent à force de les ouvrir tout grands. J'insiste tellement, je passe dans tous les coins et les recoins qu'on finit par me proposer ici un joint, là un « petit câlin ». Et puis quoi encore ? Je hausse les épaules sans répondre et je me dirige vers une autre partie du Forum. J'ai le nez plein de ses odeurs, chlore autour de la piscine, relents de gaz lacrymogène projeté par des plaisantins du côté du métro, parfum de beurre et chocolat, mais intense au point d'être nauséeux, du côté d'une viennoiserie, eau de Cologne dans un autre endroit, graisse grillée du côté des fast-food.

Je m'offre un Coca, eau plus sucre plus caféine, cinq minutes de repos, et je repars. Quelqu'un m'arrête pour m'expliquer qu'il ne faut pas remonter à la surface, que dans les rues, les nazis ont pris le pouvoir. « Il faut vivre caché ! »

Je lui souhaite bon courage. Et je continue. Il se fait tard, les passants se raréfient. Je me dis que j'ai été un peu naïve de croire la trouver aussi facilement, en me fiant à une indication plutôt vague. Les allées deviennent lugubres au fur et à mesure que les boutiques ferment. Je redescends au dernier sous-sol, du côté de l'entrée du métro. Là, pas mal de gens passent encore. Il y a aussi, un peu plus loin, l'entrée de plusieurs salles de cinéma. Je ne crois pas que les vampires aillent au cinéma. Ça se saurait… Quoique, finalement, ce soit un endroit assez commode pour mordre tranquillement les gens. Je m'assieds dans un coin et je regarde les gens partir, ou arriver, par vagues, au fil des métros, des R.E.R. ou des séances de cinéma. Même maintenant que la circulation s'est raréfiée, elle pourrait passer devant moi sans que je la voie. Si elle a simplement changé de blouson. Il va bientôt falloir que je rentre à la maison.

Des filles, il en circule, de toutes les couleurs et de toutes les tailles. Quand elles sont trop jolies, j'éprouve un brin de jalousie et, par une faiblesse assez stupide, je m'attache à trouver un détail ridicule dans leur tenue ; des chaussures mal assorties, un maquillage voyant ; celle-ci, par exemple, a des lunettes de soleil, le soir, à l'entrée du métro. Elle regarde les photographies des films, je la suis bêtement des yeux. Elle me rappelle quelque chose. Tout à coup, je comprends ; c'est comme un éclair de lumière. Les lunettes noires ! Elle porte des lunettes noires pour dissimuler ses yeux, qui sont si aisément reconnaissables. C'est elle ! C'est mademoiselle V. ! Ses cheveux sont un peu moins ébouriffés. J'essaie de me calmer, de réfléchir. Ça tombe mal. Juste à l'heure où je dois rentrer chez moi…

Heureusement, il y a une cabine téléphonique, juste à l'entrée de la station de métro. Je me précipite, je mets ma carte. Je tape si vite le numéro que je suis obligée de recommencer. Vite, vite !

D'énervement, je tape du poing sur le combiné. Une sonnerie, deux, trois ; ils en mettent du temps à répondre ! On décroche enfin ; c'est ma mère. Je raconte n'importe quoi, à toute vitesse :

« Je ne rentre pas ce soir. Je dors chez Anaïs. D'accord ? »

Et sans lui laisser le temps de répondre :

« Je t'embrasse. À demain. »

J'arrache la carte, je laisse tomber le combiné. Elle vient de passer devant moi, d'un bond à la fois léger et puissant, elle saute par-dessus le tourniquet sans mettre de ticket. Personne ne semble s'en être aperçu. Je perds de précieuses secondes à retrouver mon coupon de carte orange, à le glisser dans la machine. Elle est déjà loin dans la station. J'ai accumulé les mensonges aujourd'hui, pour avoir le temps de la pourchasser. Il s'agit de ne pas la perdre. Je cours en me faufilant entre les voyageurs qui forment un écran entre elle et moi. Elle a encore sa veste de cuir noir qu'elle ne ferme pas et qui bat l'air au rythme de son pas. Je la rattrape, je la suis, à quelques mètres derrière elle. Elle ne regarde personne, elle avance, la tête droite. Elle prend l'escalier mécanique qui descend vers les quais du R.E.R. Elle ne se contente pas de se laisser porter, elle dévale les marches, deux à deux. Nous sommes sur le quai, en direction de Saint-Rémy-lès-Chevreuse. Mon cœur bat très vite. Elle est là, enfin, à quelques mètres devant moi. Avec des lunettes noires. C'est presque drôle, cette idée de cacher ses yeux en portant des lunettes de soleil dans le métro. Je parcours le quai du regard, pas de policiers en vue. Je crois que même s'il y en avait un, je ne l'appellerais pas. J'ai trop envie de savoir où elle va, ce qu'elle va faire, pour interrompre la poursuite aussi tôt. Il sera toujours temps, plus tard. Il suffira de prévenir un voyageur, n'importe lequel. Elle est l'ennemi public.

J'essaie de respirer bien à fond. Je m'énerve trop ; il faut que je reste calme. Elle m'a déjà vue, il existe un petit risque qu'elle me reconnaisse. Je recule, je m'adosse au quai, derrière un pilier. Un grondement lointain annonce l'arrivée prochaine de la rame de R.E.R. Elle débouche sur le quai.

Sur le devant de chaque motrice brille un nom, quatre lettres souvent ridicules, à cette heure-ci c'est NEMO, comme le petit personnage de bandes dessinées qui voyage dans le monde du rêve. Est-ce que c'est un signe ?

Je monte dans le même wagon qu'elle, mais par une autre porte, un peu plus loin. Elle ne s'assied pas, elle reste debout à côté de la porte, superbement indifférente à tout. Les feux du tunnel se reflètent sur ses lunettes noires. Il aurait été plus simple pour moi qu'elle s'assoie, en un instant elle peut être descendue sur le quai. Il ne faut pas que je la perde de vue. Nous filons à toute allure dans les tunnels : Saint-Michel, Luxembourg, Port-Royal. Elle ne semble pas être en quête d'une victime pour le moment ; elle reste tranquille. Chaque fois que la rame s'arrête, je me tiens prête à bondir sur le quai, mais c'est quand je commence à devenir moins vigilante, puisqu'elle ne bouge pas, à Denfert-Rochereau, qu'elle saute dehors au moment où retentit le signal de fermeture des portes. Je me propulse à sa suite et je manque de peu me faire coincer en tenaille par les portes. Je me débats, je leur échappe, mais ça fait du bruit. Heureusement, elle ne s'est pas retournée. C'est stupide, j'aurais dû y penser plus tôt ; après Denfert, les voies sortent de terre et les trains roulent en plein air, or elle semble préférer les cieux de béton à l'air libre et la lumière artificielle aux rayons du soleil. Elle prend un couloir de correspondance, passe devant une porte « Entrée interdite. Réservé au service ». Là, elle s'arrête et se retourne : je n'ai que le temps de reculer précipitamment en espérant qu'elle ne m'a pas vue. J'attends dix secondes. Je jette un coup d'œil furtif. Il n'y a plus personne. Je colle mon oreille à la porte interdite et j'entends un bruit métallique qui décroît. C'est là que la peur me rattrape. Un panneau « Entrée interdite » et je perds mes moyens ! Mes jambes me paraissent molles et inefficaces. J'ai comme un creux au niveau du ventre. C'est vrai qu'en passant cette porte, j'entre dans un domaine qui n'est plus le mien. Tout peut arriver et personne ne le saura avant longtemps. Je me dis que je ne suis pas venue jusque-là pour renoncer maintenant. Peut-être vais-je découvrir son repaire. Je respire un grand coup, je serre les dents ; j'ouvre la porte et je la referme derrière moi, le plus promptement et le plus silencieusement que je peux.

C'est un long couloir, éclairé par des espèces de réverbères à néon ; il est plein de placards en métal qui doivent contenir des câblages électriques, des interrupteurs ou des transformateurs.

Je me glisse derrière l'un d'entre eux. Le sol lui aussi est en métal ; c'est une espèce de grillage serré sous lequel se devinent des profondeurs vraiment obscures et inscrutables. Elle est à l'autre bout, elle fouille dans une des armoires. Je m'attends à la voir foudroyée par un éclair électrique, mais rien de tel ne se produit. Elle en sort un sac en plastique ; elle vérifie son contenu : c'est une sorte de pince et une lampe, qu'elle a dû voler quelque part et qu'elle cache là, sans doute pour ne pas être encombrée dans ses déplacements.

Puis elle se relève et, sans bruit, elle a vite fait de déverrouiller la porte en tôle qui ferme l'autre extrémité du couloir, de l'ouvrir et de disparaître. J'y cours sur la pointe des pieds et, malgré tout, mes pas résonnent sur la grille. J'attends un peu, je compte jusqu'à dix. Heureusement qu'elle a pris une lampe. Ça veut dire qu'elle ne voit pas parfaitement dans le noir et que je vais pouvoir la suivre.

Qu'est-ce que j'aurais pu faire si elle avait la capacité de se déplacer dans l'obscurité ?

La porte est rouillée et ne semble pas servir souvent. Les gonds grincent un peu. De l'autre côté, il fait nuit, une nuit d'encre ; la seule lumière, c'est le faisceau de sa lampe qui descend dans une espèce de puits où des crampons en métal forment une échelle sommaire. Nous allons nous retrouver plus bas encore que le métro, plus bas que les égouts, dans des sous-sols plus anciens, les antiques carrières de Paris, que certains appellent « les catacombes ».

Je me laisse glisser dans le puits dès qu'elle en est sortie ; je dévale les échelons, cela met une minute, peut-être, mais elle me paraît bien longue. Je ne sais pas combien de mètres j'ai descendus, cinq ? dix ? Au fond, il y a un couloir ; les murs et le plafond, que je devine très haut au-dessus de moi, sont en béton, ça ressemble à un blockhaus ou à un abri souterrain en même temps qu'à une nef de cathédrale. Je suis la lumière qui oscille. De temps en temps, elle révèle un graffiti, un signe peint sur les parois. Ce sont les seuls témoignages que des gens sont passés par là. Tout à coup, elle s'immobilise ; c'est une porte, tout au bout. Celle-ci se commande à l'aide d'un volant ; on dirait une porte de sous-marin. Elle la passe et je me retrouve dans le noir. Je me hâte dans une obscurité si totale, si épaisse, que mes yeux n'y croient pas et que de petites taches lumineuses dansent devant moi. J'avance les bras tendus comme une aveugle. Encore quelques secondes et je vais devenir folle de peur. Je touche un volant froid en métal. Je suis tellement soulagée d'avoir trouvé cette porte que des larmes me montent aux yeux. Si seulement j'avais pensé à prendre une lampe, moi aussi !

De l'autre côté, heureusement, je retrouve un peu de lumière. Elle s'éloigne, je recommence à la suivre. Ici, les couloirs, irréguliers, sont taillés directement dans la pierre ; du calcaire, je suppose, d'après sa couleur blanc-jaune et son grain assez fin. Un croisement, puis un autre. Je ralentis à chaque fois, puis je me précipite dès qu'elle a tourné. Parfois, c'est inondé ; j'ai de l'eau jusqu'aux chevilles et je dois redoubler de précautions, pour ne pas faire trop de bruit. Du coup, ça me ralentit. Des piliers massifs, des murs de soutènement, parfois constitués de blocs si gros qu'on croirait qu'ils ont été bâtis par des géants, des niches, des galeries bouchées par des éboulis passent dans le faisceau mouvant de la lampe et disparaissent dans l'obscurité, comme s'ils n'avaient existé qu'un instant. J'essaie de retenir la disposition des passages, de me repérer : gauche, gauche encore, puis droite. Mais, très vite, le nombre de bifurcations, d'embranchements se multiplie à un point tel que je n'y peux plus rien. Parfois je crois que nous avons pris un nouveau couloir alors que nous avons seulement contourné un éboulement ou un gros pilier. Je sais que je suis perdue. J'aurais dû appeler à l'aide, la faire arrêter quand il en était encore temps. Je viens de faire la plus grosse bêtise de ma vie. À côté de celle-ci, toutes les autres sont des plaisanteries. Pourtant, il ne faut pas que je me mette à pleurer ; je dois continuer, maintenant. Si je ne réussis pas à la suivre à la trace, jamais je ne retrouverai seule la sortie. D'une certaine manière, elle est ma seule chance de salut. La poursuite, je le comprends tout à coup, a changé de visage : elle est autant le guide qui me conduit, et dont je ne dois en aucun cas perdre la piste, que le gibier que je traque. Ma vie en dépend.

Je m'affole et, du coup, je commets une erreur. Je la suis de trop près et, comme elle s'est arrêtée à nouveau, je suis obligée de reculer précipitamment pour ne pas arriver en pleine lumière. Je trébuche sur un bloc de pierre et je m'étale par terre. Elle s'est arrêtée, elle fait demi-tour. Elle a entendu quelque chose. Sur les coudes et sur les genoux, je rampe, et je me blottis dans une anfractuosité de la paroi, contre le roc humide. Je me fige, je cesse de respirer. Je ne sais rien d'elle, de sa physiologie, de l'acuité de ses sens. Les créatures de l'obscurité ont souvent une ouïe extrêmement fine. Elle fait quelques pas vers moi, balaie le passage de sa lampe puis repart. Manifestement, elle ne m'a pas vue. La lampe s'éloigne à nouveau et, très vite, les ténèbres reviennent m'envelopper. Je me relève, je la poursuis à nouveau, plus prudemment. Elle a forcé une grille peinte en blanc. Et elle avance dans un étroit sentier entre des débris divers qui obstruent presque la galerie. Elle les balaie de sa lampe, et je vois ce que c'est : des ossements humains, des crânes, des tibias, des fémurs, des omoplates, des monceaux d'ossements, cassés, émiettés ou entiers. Je la suis dans une longue galerie pleine de morts. Il y en a tellement que même les mille et les cents paraissent des unités dérisoires pour les compter. J'avais entendu parler de cimetières parisiens qu'on aurait vidés dans les carrières, mais jamais je n'avais pensé qu'il y en eût autant. C'est tout un peuple de morts qui a été jeté là. Je frissonne un peu, elle avance plus lentement. Ça me laisse le temps d'apercevoir une inscription gravée dans un pilier : « Catacombes basses », et une autre, un peu plus loin : « Silence, êtres mortels ! Vaines grandeurs, silence ! » La recommandation est inutile. J'ai trop peur pour faire le moindre bruit. Je comprends trop bien ce que ma présence ici a d'anormal, et même de monstrueux.

Mais elle, elle regarde, on dirait presque qu'elle flâne. Je remarque qu'elle a enlevé, je ne sais pas quand, ses lunettes. Personne en effet ne peut plus la reconnaître en ces lieux. Elle s'assied. Elle ramasse un crâne, le regarde, enlève la poussière qui le salit, en caresse le dôme poli. Elle en prend un autre et appuie son front contre le sien. Je regarde en retenant mon souffle, fascinée par cet étrange rituel.

Elle fait quelques pas et recommence son

manège ; on dirait qu'elle leur parle, qu'elle les câline. Elle en ramasse encore un, qu'elle époussette, qu'elle caresse et que, finalement, elle met dans son sac. Un instant, je trouve qu'elle ressemble à une petite fille un peu bizarre. Soudain, elle se redresse, elle fait demi-tour et vient vers moi. Si elle me trouvait... Je n'ai que le temps de reculer dans un recoin obscur pour la laisser passer. Des bras et des jambes, des têtes de morts me touchent. Je frémis d'horreur, mais il ne faut pas que je bouge. Je me répète qu'ils ne me veulent pas de mal. Je réussis à rester immobile tandis qu'elle me dépasse. Nous ressortons de l'ossuaire et la poursuite recommence. Cela dure des heures, sans exagérer, tout d'abord dans un véritable labyrinthe de galeries minuscules qui tournent dans tous les sens et s'entrecroisent. Et, pourtant, elle n'hésite pas un instant ! Ensuite c'est une galerie toute droite entre deux murs de maçonnerie ; au plafond, on devine les traces des pics des mineurs. Un peu partout il y a des signes peints sur les murs, laissés là à l'époque où il était à la mode de se promener dans les sous-sols et même d'y faire des fêtes. Il est plus facile de la suivre, mais le tunnel s'allonge si loin que j'en arrive à craindre qu'il continue à l'infini. Ce royaume est d'une telle étrangeté que je me demande si les lois ordinaires de l'espace et de la géométrie y ont cours de la même manière qu'ailleurs. J'ai perdu tous mes repères. Nous dépassons une fontaine taillée dans le roc. L'eau est bleue, translucide, magnifique. Je regrette de ne pas pouvoir m'y arrêter. Une autre fois, elle s'est retournée sans raison apparente, j'ai failli être surprise. Je me suis aplatie contre le mur, regrettant pour une fois de ne pas être aussi maigre que quand j'avais dix ans. Et le faisceau de la lampe n'a éclairé que le vide. Enfin, elle repart et nous quittons la galerie rectiligne pour un nouveau réseau compliqué, avec des coudes et des bifurcations. La lampe éclaire dans un coin une sorte de monument, j'ai le temps d'apercevoir une inscription : *À la mémoire de Philibert Aspairt, perdu dans cette carrière le III nov*^{bre} *MDCCXCIII, retrouvé onze ans après…* Il y a encore du texte, mais je n'ai pas le temps de lire le reste. Je me demande s'il y a beaucoup de tombeaux, de plaques commémoratives pour les gens qui se sont perdus ici. En continuant à marcher derrière la torche de mon guide, j'imagine la mienne : *En souvenir d'Hélène…* Je ne veux pas mourir ici, de faim et de soif, ou plus simplement de peur. Nous franchissons une grille métallique bizarrement ouvragée ; par terre gisent un tas de vieilles radiographies. Peut-être sommes-nous sous un hôpital. Puis ce sont plusieurs couloirs assez bas où nous devons nous baisser. Enfin, elle ralentit. Avec un soulagement extrême, j'aperçois le début d'un puits, des échelons qui montent vers la surface. Je vais peut-être pouvoir m'en sortir. Elle est passée entre deux piliers et elle s'est arrêtée. C'est une salle assez vaste. Je me tiens en retrait et j'observe. Nous sommes arrivées. Elle vient d'allumer une bougie, et puis une autre. Elle enlève sa veste de cuir, ses vieilles tennis, et les pose soigneusement sur un rebord. D'ici, je ne peux pas tout voir. À quelques pas d'elle, la flamme des deux bougies se reflète sur un petit lac dont l'eau semble aussi pure, aussi transparente que la fontaine que nous avons croisée auparavant. Le sol est ici formé de sable assez fin. J'entends des froissements de plastique. Je risque un coup d'œil : elle sort le crâne du sac pour le mettre avec deux autres qui sont déjà rangés dans une petite niche décorée d'une mosaïque de bouts de papier multicolores, papier d'aluminium, fragments d'affiches ou de journaux. Est-ce qu'elle considère ça comme une sorte de famille ? Il y a d'autres objets dans la niche, mais je ne discerne pas bien ce que c'est… Ses trésors, sans doute.

Je m'assieds un moment, brisée de fatigue et d'émotion. J'ai besoin de reprendre mes forces. Voilà, j'ai vu où elle se cachait. Si je peux sortir par le puits, je saurai où c'est. Je me relâche un peu et toute mon énergie me quitte. J'entends un peu de bruit, puis des clapotis. Elle se baigne sans doute dans son lac souterrain, mais je ne regarde plus. Depuis combien de temps suis-je là-dessous ? Des jours ? Des siècles ? Je veux retrouver la surface. Mais je reviendrai ici. Silencieusement, je saisis à tâtons le premier des échelons. Comme dirait mon père, « il y a un dieu pour les imbéciles ». Je me hisse, doucement, sans forcer, pour ne pas faire de bruit. Je monte longtemps vers un mince rayon de lumière, tout là-haut.

J'aboutis contre une plaque de fonte, lourde, tellement lourde que ma main ne la fait pas bouger d'un millimètre. Je suis à nouveau envahie de panique à l'idée qu'elle est peut-être soudée. Elle résiste à tous mes efforts. Finalement, je grimpe plus haut et je coince mon dos sous la plaque, poussant de toutes mes forces sur mes jambes. Elle finit par se soulever un peu. Je gravis encore un échelon, portant son poids sur mes épaules, je me redresse lentement, si bien qu'elle glisse de côté. Je suis dehors. L'enchantement maléfique est rompu. Le jour commence à poindre. Je regarde ma montre : il est six heures et demie du matin. Il ne s'est écoulé que sept heures depuis que j'ai passé la porte interdite ; alors que j'ai eu l'impression d'être restée là-dessous des jours et des jours. Je suis rue des Ursulines, je connais un peu le quartier, ce n'est pas très loin des jardins du Luxembourg. Je réussis à remettre la plaque ronde en place et je descends vers la Seine. La ville des vivants commence à s'éveiller. L'air est frais et lumineux. J'enlève ma casquette et mes cheveux tombent sur mes épaules. Ils bougent dans la brise légère du matin. J'ai traversé le royaume des morts, j'ai senti sur mes bras leurs os crochus, et pourtant je suis revenue. Je suis heureuse d'être vivante, je souris aux gens que je croise.

Quand je traverse la Seine, le courant d'air se fait plus fort et je frissonne, mais c'est sans déplaisir. Chaque sensation est une bénédiction quand on sort d'où je sors. Du côté du lycée, tout est encore calme. Je me promène un peu, désœuvrée. Je vais boire un chocolat dans un bar de la rue de Sévigné, que j'aime bien parce qu'un jour le patron nous a expliqué quelques mots difficiles d'un poème de Mallarmé sur lesquels nous butions. Je somnole un peu, jusqu'à l'heure d'aller au lycée. J'ai des courbatures dans les épaules et dans la nuque ; je suis vivante.

Les cours se déroulent dans une espèce de brume ; je m'efforce surtout de ne pas m'endormir dans la tiédeur bourdonnante des salles. Julien a toujours une drôle de mine, il reste silencieux, il s'isole. À midi, j'avale des quantités inhabituelles de nourriture, me resservant de plats que je n'aurais même pas touchés d'habitude. C'est la fatigue. L'après-midi, je note sans comprendre ce que j'écris. La fatigue m'enveloppe encore davantage à chaque instant, elle me communique une fébrilité bizarre, presque agréable. Elle me soûle bien plus que n'importe quel alcool. Quand la sonnerie de la dernière heure de cours retentit, j'ai été transformée. L'ivresse de l'épuisement, et peut-être aussi le triomphe que j'ai remporté, ont effacé les timidités, les barrières habituelles. Julien passe devant moi ; il marche vite. Son père doit l'attendre dans sa voiture. Je le rattrape ; je le retiens par le bras.

« Hé ! Parle-moi ! Qu'est-ce qui ne va pas ?

— J'ai peur, soupire-t-il. Voilà ce qui ne va pas. »

Je le tire pour qu'il s'asseye avec moi sur les marches de l'église.

« J'ai peur d'être malade. Je me sens toujours très faible… »

Il me raconte qu'il est retourné à l'hôpital. Ils lui ont pris du sang pour faire des analyses. Encore du sang… Il doit avoir les résultats le lendemain soir.

Lui, il a le droit que je lui dise. Je commence :

« Je l'ai vue ; je sais où elle se cache. Viens avec moi. Je te montrerai.

— Le vampire ?

— Oui. Ce sera toujours mieux que d'attendre sans rien faire.

— Quand ?

— Demain, si tu veux… »

Il accepte l'idée. Demain, après le lycée, nous descendrons dans les carrières, avec des lampes cette fois-ci, et avec une barre de fer pour soulever la lourde plaque qui scelle le puits.

Je suis rentrée en bus à la maison. Je me suis endormie après Saint-Lazare et j'ai raté l'arrêt. Je me suis réveillée porte de Clignancourt. Et, malgré la fatigue, je suis revenue à pied. Je suis arrivée en retard à la maison. J'ai embrassé mes parents avec autant d'enthousiasme que si j'avais cinq ans. Ils étaient un peu raides ; ils avaient des reproches à me faire, mon comportement d'hier, mon retard d'aujourd'hui. J'ai écouté, j'ai fermé les yeux et j'ai souri bêtement. J'ai dit qu'ils avaient raison, que non, décidément, je n'allais pas continuer à me comporter ainsi très long temps. J'ai dîné et j'ai retrouvé mon lit, dans lequel je me suis endormie comme un bébé, ou comme une rescapée d'une catastrophe, pour un long sommeil sans rêves.

chapitre 6

Le grand combat

Après la dernière heure de cours, nous traversons l'île Saint-Louis et remontons par la rue de la Montagne-Sainte-Geneviève, prenons la rue Saint-Jacques à côté du Panthéon. Nous marchons en silence, un peu tendus. Heureusement, la rue des Ursulines n'est pas très passante et les voitures qui y stationnent nous dissimulent quand nous nous attaquons, Julien et moi, à la plaque de fonte. La crainte de nous faire surprendre décuple nos forces. Nous l'arrachons de son logement et la poussons sur le côté, nous nous glissons dans le puits. Julien remet la plaque pour nous cacher, en la coinçant avec un caillou pour qu'elle soit plus facile à repousser d'en dessous, et nous descendons les échelons avec prudence, un à un. Le sac qui ballotte sur mon dos contient deux lampes, un sandwich et une bouteille d'eau.

Je mets un pied à terre, bientôt suivie de Julien. Il fait noir, nous faisons quelques pas à tâtons ; aucune lumière ne brille derrière les piliers de la salle du vampire. Nous nous arrêtons pour écouter. C'est le silence. Je chuchote :

« Je crois qu'elle n'est pas là, ou alors elle dort. »

Je m'agenouille pour sortir la lampe, je l'allume en masquant le faisceau avec mes doigts, qui en deviennent roses et translucides ; j'éclaire brièvement la salle. Un reflet s'allume sur le petit lac, un autre sur du papier d'argent. Manifestement, il n'y a personne. Nous allons voir ; nos pas sur le sable ne font aucun bruit. Elle n'est pas là ; elle doit errer dans les dédales du métro, à la recherche de sang frais.

Je veux emmener Julien à la niche où elle range ses trésors, mais il m'arrête pour me montrer sur le sol, juste au bord de l'eau claire, une empreinte de pied nu parfaitement dessinée qui semble le fasciner. Je regarde aussi : c'est vrai, cela procure une sensation étrange, comme une trace de pas sur une île que jusque-là on avait crue déserte. Du même coup, ça veut dire que nous aussi, nous laissons des traces. Il faudra les effacer d'une manière ou d'une autre avant de nous embusquer, sinon elle saura que son antre a été visitée.

Dans un coin, il y a un petit tas de vêtements qui sont d'une saleté répugnante. Je n'ose pas y toucher.

Je braque le faisceau de la lampe sur la niche. Julien recule d'un pas en voyant les trois crânes qui sourient au fond, sur leur tapis de papiers bariolés ou brillants. Ils sont disposés avec soin, comme une sorte d'autel. Il tend la main vers les objets qui sont placés sous leur protection. Il prend quelque chose que nous examinons ; c'est un morceau de bois tout vermoulu, certainement très ancien ; une plaque de cuivre y est vissée ; elle porte une inscription, presque illisible tant elle est abîmée et verdie. À force d'efforts, nous parvenons par recoupements à déchiffrer quelques lettres :

Mademoiselle V. Bath... née le... 1715, m...
le 12 janvier 173...

V. comme…

Je repose précipitamment la planche qui appartenait certainement à son cercueil. Comme elle est morte jeune… ou, plus exactement, comme elle a été enterrée jeune ! Elle avait entre quinze et vingt-quatre ans quand on l'a ensevelie. Peut-être le même âge que Julien et moi. Avait-elle été mordue par un vampire ? Le saurai-je jamais ?

Il y a aussi un lambeau de tissu, tout effrangé et effiloché par le temps ; il a jadis été très beau, quelques fils d'argent sont mêlés aux autres, ils devaient dessiner un croissant de lune ; quelques perles sont restées attachées. C'était une robe.

Cela nous saisit et nous crispe… De quelle chair est-elle faite pour avoir échappé ainsi à la corruption et à l'âge, qui ont réduit la robe à l'état de toile d'araignée et le bois presque en poudre ? Ce doit être le sang, le sang qu'elle vole, qui lui permet de résister au passage du temps.

Un frottement, je ne sais pas quoi, un bruit, arrête notre exploration. Nous éteignons nos lampes. Mon cœur bat si fort que je sens ses pulsations jusque dans mon estomac et dans ma tête. Est-ce que c'est elle ? Rien d'autre à faire que d'attendre... Un long, long moment. Finalement, comme rien d'autre ne se fait entendre que nos respirations un peu courtes et le bruit que produisent nos plus infimes mouvements, la peur que nous avons éprouvée nous convainc de renoncer à nos recherches pour aller nous embusquer dans une galerie latérale. Nous reculons en effaçant autant que possible nos traces sur le sable. Nous éteignons nos lampes, nous nous tassons contre la paroi un peu humide, et l'attente commence. Tout est silencieux, excepté parfois le bruit d'une goutte d'eau qui tombe quelque part. Il fait tiède et, à force de nous taire, nous faisons l'expérience de la quiétude curieuse qui règne là. C'est comme une accalmie au milieu d'une tempête, comme une trêve pendant une guerre. Ma peur n'est plus aussi intense, aussi paralysante. Même si elle reste là, bien nichée en moi, elle est moins distincte, elle devient une sensation assez tolérable. À un moment, Julien murmure :

« Et si elle vient ? Qu'est-ce que nous faisons ? »

C'est une bonne question, et nous sommes deux fiers imbéciles de ne pas nous l'être posée plus tôt. Je réfléchis comme je peux, pour finir par avouer :

« Je ne sais plus du tout... J'ai su, peut-être, mais maintenant, je ne sais plus... Bien sûr, c'est là qu'est la faille... Nous verrons. »

Et puis, je crois que j'ai dû m'endormir, parce que Julien me tape doucement sur l'épaule. Il me met devant le visage le cadran lumineux de sa montre. Il murmure : « Ça fait déjà deux heures que nous sommes là ; il faut que je rentre, mon père doit avoir les résultats de mes analyses. Il va s'inquiéter. »

Il ne dit pas qu'il s'inquiète aussi, mais je le devine. Je me frotte les yeux et j'acquiesce. Quelque chose me dit que nous ne la verrons pas aujourd'hui.

Nous réussissons à sortir sans encombre ; la nuit est tombée et je raccompagne Julien jusqu'à chez lui. Je reste dans l'entrée, je fais signe de loin à son père. Je n'ai pas envie de le voir de trop près ; la dernière fois, il a lu sur mon visage que je dissimulais quelque chose. Julien revient vers moi, il a un sourire un peu désabusé.

« Mon père a téléphoné. Il faudra attendre

encore dix jours pour avoir les résultats. Ils ont d'autres tests à faire dans un autre laboratoire. On dirait qu'ils ne savent pas très bien ce qu'ils cherchent. »

Nous sommes tous deux consternés par ce retard, plus encore peut-être que si les résultats avaient été mauvais. Cette attente supplémentaire est pleine de menaces.

Un moment, je suis tentée de rester, mais je vois qu'il n'en a pas envie, il veut garder sa détresse pour lui. Et puis il a son père, en qui on peut avoir confiance. Peut-être qu'il a besoin de redevenir, pour un moment, un enfant, et à notre âge cela ne peut plus se passer devant témoins. Je l'embrasse ; d'ailleurs, il faut que je rentre aussi. En arrivant à la maison, c'est mon tour d'être prise d'une terrible envie de me jeter dans les bras de ma mère ; mais je me retiens. Je leur ai tellement fait perdre l'habitude de ces effusions que ça provoquerait nécessairement des questions auxquelles je ne pourrais répondre.

Pendant le restant de la semaine, nous ne nous parlons plus beaucoup, Julien et moi ; nous attendons. Il y a de plus une question qui se pose et que nous taisons, parce que nous n'avons la réponse ni l'un ni l'autre. Pourquoi est-ce que nous gardons le secret de la cachette du vampire, alors qu'il faudrait évidemment confier cette information à la police ? Chaque jour qui passe augmente les risques qu'une nouvelle victime soit retrouvée inanimée dans un wagon... Et chaque jour qui passe nous rapproche des résultats des analyses pratiquées sur le sang de Julien...

En attendant, j'ai regardé dans une histoire de Paris, à la bibliothèque du dix-septième arrondissement, et j'ai lu que les carrières abritaient, pour autant que le chiffre ait un sens, six millions de morts ; des rois carolingiens aux morts des révolutions... Six millions de morts déversés par tombereaux dans les galeries, la nuit, lorsqu'on a détruit les vieux cimetières ; plus que de vivants dans Paris proprement dit...

C'est incroyable. Je ne savais pas vraiment, je ne mesurais pas... Faut-il voir dans les événements survenus ces derniers temps une revanche, une vengeance, de ceux-là ?

Par hasard, plus loin dans le même livre, j'ai lu que « Denfert » s'écrivait dans le temps « d'enfer » : rue d'Enfer. Décidément, des Champs-

Élysées à l'Enfer, c'est toute une géographie des morts que j'ai suivie… J'ai frissonné en pensant à cette ville des morts endormie et cachée sous la ville des vivants.

J'ai aussi réfléchi à l'endroit où se cache le vampire. Je me suis demandé si elle faisait tous les jours, pour atteindre le métro, ce trajet long et compliqué sur lequel je l'ai suivie. Cela paraît peu vraisemblable. Elle doit avoir un moyen d'accéder plus rapidement aux voies de la RATP.

Je regarde sur un plan. La rue des Ursulines n'est pas très loin d'un accès secondaire de la station de R.E.R. Luxembourg. Si ça se trouve, c'est par là qu'elle rejoint le métro. Je suis assez contente de mon hypothèse et j'ai envie de la vérifier. Dès que j'ai le temps, je passe par la station Luxembourg. Il y a plusieurs portes « réservées au service » par lesquelles elle pourrait passer. Je traîne parfois dans les couloirs et sur les quais, ignorant le jardin qui se déploie au-dessus, au profit des fleurs rouges des signaux électriques. Mercredi, j'y reste un peu plus longtemps que d'habitude, et ma patience est récompensée : je finis par la voir, en face, sur l'autre quai. Une jeune fille qui marche vite, les yeux dissimulés par des lunettes noires, les cheveux en bataille.

Je ne réfléchis pas une seconde. Je ne veux pas la perdre de vue. Au risque de me faire repérer, je cours jusqu'au bout du quai pour passer de l'autre côté et la rejoindre. Je grimpe quatre à quatre un escalier mécanique, j'en dévale un autre. Je l'aperçois au loin, elle est presque à la sortie, tout au bout. J'accélère encore, je cours de toutes mes forces et la station défile à toute allure. J'arrive à temps devant l'escalier de sortie pour la voir d'en bas se glisser derrière une palissade de travaux. Je crois qu'elle m'a vue aussi en se retournant au dernier moment. Tant pis, je continue à courir et je la suis dans la zone interdite. C'est ensuite un long couloir de service bien éclairé dans lequel elle fuit, et puis un escalier de métal qu'elle descend à toute vitesse. Je la poursuis ; elle va si vite que je m'essouffle.

En bas de l'escalier, je dégringole sur un sol rocheux et inégal, à peine éclairé par la lumière qui provient du couloir au-dessus. Je ne la vois plus et je n'entends rien ; d'ailleurs, ma respiration est bruyante et mes oreilles bourdonnent, tant j'ai couru. Elle ne va pas me guider jusqu'à son refuge ; elle est cachée quelque part. Peut-être pour me sauter dessus. Je fais trois pas vers l'entrée béante et noire d'une galerie, puis, tout à coup, je comprends et je me retourne. Elle est là. Entre l'escalier et moi. Elle a bien manœuvré : elle me barre le passage. Il va falloir se battre. N'est-ce pas ce que je voulais depuis le début ? Eh bien, m'y voilà.

Je me vois dans ses lunettes, une petite silhouette crispée et déformée. Je recule un peu, en essayant de retrouver une respiration plus normale. Elle avance, elle essaie de m'accrocher. Je me dérobe et je recule encore. Nous nous sommes effleurées ; j'ai touché sa peau froide et lisse, sans une goutte de sueur malgré la poursuite sauvage dans les couloirs. J'ai entendu son souffle paisible.

Premier désavantage pour moi : je suis hors d'haleine et mon cœur cogne au point que j'ai l'impression qu'il ébranle tout mon corps à chaque battement. J'essaie de me glisser sur le côté pour me rapprocher de l'escalier, mais sa main froide et étroite se referme sur mon épaule avec une force incroyable, impitoyable, qui me broie. Ses doigts s'enfoncent dans ma chair comme des crocs.

Je parviens tout de même à me dégager en la repoussant, mais ma chemise est déchirée et mon épaule meurtrie.

C'est mon deuxième désavantage : elle est beaucoup plus forte que moi. Cette fois-ci, elle m'a agrippée solidement, et, comme je me débats, elle me soulève du sol et me jette contre le mur, que je heurte rudement. Ma tête rebondit contre la paroi, mes dents s'entrechoquent, mais je me relève tout de même sans perdre un instant ; il ne faut pas rester à terre. Je recule un peu, je me retrouve dans une obscurité presque complète. Gagner quelques secondes, contrôler mon souffle, expirer soigneusement. Elle se rapproche, terriblement féline, un tigre qui va bondir. Ses lunettes sont tombées au cours du dernier accrochage. Je revois ses yeux pailletés d'or, profonds, aux pupilles noires comme des gouffres, qui changent de taille à toute allure. Ils contiennent je ne sais quelle sorcellerie. Il ne faut pas que je regarde ses yeux, je dois me concentrer sur ses mains.

Ne pas m'énerver, ne pas opposer ma force insuffisante à la sienne. J'ai l'habitude des combats. Je devrais pouvoir…

Ses mains sur moi. C'est le choc, je me plie et je cède. Mieux encore, je l'aide dans son mouvement, puis tout à coup je me redresse brutalement. C'est son tour de heurter rudement le roc, par terre. Je veux la saisir, mais elle m'échappe, vive comme un serpent. Pourtant, un peu de confiance me revient. Elle est tombée une fois, elle me semble moins invincible.

Et nous nous retrouvons à nouveau face à face. J'évite toujours de regarder ses yeux. Je ne pense plus à m'échapper ; j'essaie d'anticiper ses mouvements.

Elle se rue à nouveau sur moi. À nouveau je cède, je pivote, et je réussis à la faucher d'un grand mouvement de jambe. Elle tombe sans me lâcher, mais en me recroquevillant j'échappe à son étreinte. Je bloque son bras d'une clé serrée. Je la coince. Elle essaie de se débattre, j'en profite pour resserrer ma prise.

Je la tiens, au moins pour l'instant. Sa force ne lui sert plus à rien. Elle risquerait de se briser les articulations. Je la maintiens fermement, tandis qu'elle rue, qu'elle se tord pour essayer de me faire lâcher.

Enfin, elle finit par comprendre et se tient tranquille. Mais je ne desserre pas ma prise. Je connais les ruses de celui qui est en dessous. Je respire un peu, je crois que jamais je ne me suis aussi bien battue. Elle remue encore. Quelque chose tombe sur le sol. Un petit canif ; c'est avec ça qu'elle... Du pied, je le repousse au loin. Il disparaît dans la nuit. C'est déjà ça.

chapitre 7

Qu'est-ce que c'est, le soleil ?

Et maintenant ? Nous sommes par terre, attachées l'une à l'autre. On ne va pas se remettre debout et se saluer gentiment, comme au judo ! Si je la lâche, comme elle est plus forte que moi, elle finira par avoir le dessus, et je n'ose pas imaginer ce qu'elle fera de moi. En plus, je suis trop loin de tout pour appeler au secours. Je pourrais essayer de l'assommer sur ce sol dur et rocailleux, mais je crois que ce serait difficile et dangereux. Il faudrait que je desserre ma prise, elle en profiterait. Décidément, la situation est dans une impasse. Nous ne pouvons tout de même pas rester comme ça éternellement, verrouillées l'une contre l'autre, par terre. D'ailleurs, je faiblirais la première, ma prise se relâcherait petit à petit et elle finirait par triompher. Je ne sais pas quoi faire. Je continue à la tenir, en essayant de réfléchir. Ça dure.

Si j'essayais de la calmer ? Je n'ai rien de mieux à faire. Alors je lui parle ; j'essaie de parler tranquillement, mais je suis encore essoufflée et j'ai la voix qui tremble un peu. Je parle au hasard, je lui demande son nom… J'ai dans l'idée que si je pouvais l'appeler par son nom, elle serait moins dangereuse.

« Comment tu t'appelles ? Hein ? Dis-moi… Je ne suis pas méchante. Dis-moi ton nom, je pourrai peut-être te lâcher. Dis-le moi… »

Elle continue à se taire. Il faut peut-être que je dise le mien pour qu'elle se décide à répondre. Il faut que j'essaie, même si je risque de lui accorder un avantage.

« Je m'appelle Hélène. Toi aussi, dis-moi ton nom, maintenant.

— Hélène », répond-elle dans un soupir.

Sur le moment je la crois, j'accepte cette coïncidence inouïe. Mais tout à coup je me souviens du V sur la plaque de cuivre. L'initiale ne correspond pas. Elle ment, ou bien elle a simplement répété ce que je disais, comme un écho. Je commence à désespérer, mais je continue à parler ; il n'y a pas d'autre issue.

« Moi, je m'appelle Hélène, pas toi. Dis ton nom.

— Pas de nom. Personne ne m'appelle. »

Elle répond, elle sait donc parler ; je commençais à en douter. Bien sûr, la position inconfortable dans laquelle nous nous trouvons modifie nos voix mais la sienne est vraiment bizarre, un peu étouffée, un peu rauque ; sa prononciation est hésitante, comme si elle n'avait pas parlé depuis longtemps. Elle a peut-être un accent, mais il ne ressemble à rien que je connaisse.

« Personne ?

— Si, une fois. Un vieillard. Il m'a appelée Mlle V. Je ne sais pas.

— Je sais qui c'est, ce vieillard. »

Elle m'a répondu, je ne crois pas qu'elle puisse me tuer, maintenant. Je me décide :

« Je vais te lâcher. »

Il faut qu'elle sache que c'est un acte conscient et volontaire de ma part, pas un affaiblissement dont elle pourrait tirer parti. Je la lâche et je recule lentement. Elle s'assied, moi aussi. Nous sommes à deux mètres l'une de l'autre. Nous nous observons un long moment ; je continue à me méfier de ses yeux. Elle est mince, presque frêle ; rien ne laisse soupçonner sa grande force. Il ne faut surtout pas que j'oublie combien elle est dangereuse. Je ne dois pas non plus me laisser aller à l'espèce de tendresse confuse que j'éprouve souvent pour mon adversaire lorsque le combat est terminé.

Elle me regarde aussi, et je ne sais pas du tout ce qu'elle voit. J'espère qu'elle voit autre chose qu'une outre pleine de sang bouillonnant. Sans doute, puisqu'elle parle d'elle-même.

« Vous venez du grand dehors ?

— De dehors, oui.

— De la ville, là-haut, à la lumière ?

— Oui.

— Expliquez-moi, je ne vous ferai pas de mal.

— Expliquer quoi ?

— Ce que je veux savoir. Venez, suivez-moi ! »

J'hésite tout d'abord, mais comme, après avoir ramassé ses lunettes, elle se dirige vers l'escalier qui ramène au R.E.R., je la suis. Là-haut, c'est mon domaine. Je n'aurai plus rien à craindre, il y aura des gens à appeler. C'est elle qui sera en mon pouvoir. Elle le sait sûrement.

Nous parcourons le chemin en sens inverse. Je boite un peu ; je me suis pris un coup dans le genou dont je ne me suis pas rendu compte sur le moment. Mon épaule me fait mal et j'ai une belle bosse à l'arrière du crâne. Elle marche trop vite pour moi, et elle s'en aperçoit en me voyant gravir l'escalier avec peine derrière elle. J'ai peur tout à coup de redevenir à ses yeux un gibier affaibli… Nous nous arrêtons et nous nous dévisageons. J'essaie de mettre dans mon regard toute l'assurance que mes gestes ont perdue. Elle se remet à marcher et je reprends un peu confiance.

Nous repassons la palissade. Dans le couloir du métro, je me rassure. Elle a tenu sa promesse jusqu'ici. Nous arrivons sur le quai. Elle s'arrête devant une vaste affiche publicitaire qui nous surplombe et se recourbe au-dessus de nos têtes en épousant la forme de la voûte. Il y a une plage, des palmiers et des personnages en maillot de bain, des apollons bronzés et des filles solaires, sous un slogan en lettres géantes : *Voyages Fratic, les bienfaits du soleil à petit prix*.

Elle me la montre du doigt. Je ne comprends pas ce qu'elle veut dire. Et lorsqu'enfin elle pose sa question, j'ai envie de rire et de pleurer à la fois. Elle demande :

« Qu'est-ce que c'est, vraiment, le soleil ? »

Elle vient d'avouer sans honte toute la misère de son existence souterraine, son ignorance totale, sa monstruosité complète. Je reste un moment silencieuse, prise de vertige devant tout ce qu'implique cette interrogation.

Elle reprend :

« Quand tout le monde est parti, je regarde ces grandes images et j'essaie de deviner… »

J'ai promis d'expliquer, mais je ne m'attendais pas à ça. J'essaie tant bien que mal. Au début, c'est difficile, puis, petit à petit, les mots et les souvenirs me viennent, je lui parle du soleil qui donne naissance aux couleurs, les vraies, les vives, pas celles des néons ; du soleil sur la peau ; de la chaleur que gardent les pierres même au milieu de la nuit dans les villages du Sud ; de la clarté extra-lucide du soleil d'hiver ; des splendeurs de l'aube et du crépuscule ; des fruits et des plantes ; de la netteté des ombres en été ; du soleil sur la neige…

Je ne sais pas ce qu'elle comprend, mais je devine malgré ses lunettes noires qu'elle écoute avec une grande avidité. Quand j'ai fini, elle continue à se taire. Elle réfléchit, peut-être essaie-t-elle de se souvenir. J'imagine que c'est si ancien ou si étranger qu'elle a tout oublié, qu'il ne lui reste qu'une nostalgie confuse.

Un train arrive à grand vacarme, des gens montent ou en sortent. Sur le quai, à quelques wagons de nous, une tache de couleur retient mon œil. Une cravate aux mille nuances de vert, une cravate qui représente une jungle. Au-dessus un visage rose, un peu poupin. C'est Raymond Schwartz, le lieutenant stagiaire, qui vient de descendre. Qu'est-ce qu'il fait là ? Pas maintenant ! Je ne veux pas qu'ils la prennent maintenant ! J'attrape la main froide de Mlle V. et je l'entraîne dans le R.E.R. Le signal sonore retentit, les portes se referment et la rame repart. Je ne sais pas s'il nous a vues, s'il nous cherchait. Je crois qu'il est resté sur le quai, mais je n'en suis pas certaine. Il doit en savoir plus que je ne pensais. Il n'était pas là par hasard. Tout à coup, je pense aux caméras de sécurité.

Je les avais oubliées. Nous avons peut-être été filmées quand nous passions la palissade…

J'explique : « Il y avait un policier… Il est peut-être monté dans un autre wagon ; il faudra changer à Denfert, et être prudentes… »

Elle me regarde de derrière ses lunettes noires. Elle a l'air parfaitement indifférente. Sans doute se sent-elle invulnérable. Je m'aperçois que je suis très près d'elle, alors je recule d'un pas. Moi aussi, j'aurais des questions à lui poser, mais ce n'est pas encore le moment. Même si nous risquons de ne pas avoir beaucoup de temps… Peut-être y a-t-il déjà une escouade de policiers à Denfert-Rochereau…

Elle se tient droite. Elle ne regarde personne. Après la station Port-Royal, elle se penche vers moi et demande tout bas :

« Et la mer, c'est comment ? Et les nuages ? »

Je lui demande d'attendre un peu, ce sont des sujets vastes et difficiles à délimiter. Il me faut du temps, du temps et du calme. Heureusement, sur le quai, à Denfert, il n'y a pas de policier en embuscade et Raymond Schwartz n'est pas parmi les voyageurs qui descendent. Nous prenons la correspondance en direction de Nation sans rien voir d'anormal. Nous passons devant une porte interdite au public, peut-être celle qui descend vers les carrières, mais elle lui accorde à peine un regard. Nous marchons côte à côte dans les couloirs. Est-elle ma prisonnière, suis-je la sienne ? Ni l'un ni l'autre, nous sommes des ennemies liées par un pacte improbable. Je commence à parler de la mer, et quand nous arrivons sur le quai, le bruit de l'arrivée d'une rame dans une autre partie de la station provoque une rumeur lointaine, comparable justement au bruit du ressac. Une feuille de papier abandonnée s'envole dans un courant d'air, comme un oiseau maigre et blanc.

Avec une éloquence que je n'avais jamais eue, je parle d'écume et de rochers, de marée, de cris d'oiseaux et d'embruns, je parle de la mer verte ou presque noire, de la mer au coucher du soleil, des tempêtes et de dauphins dans la vague, du varech et des coquillages, des voiles gonflées par le vent. Le métro nous emmène en cahotant et en grinçant, nous sommes assises sur la même banquette, dans un wagon presque vide. Je n'ai plus tellement peur d'elle, j'ai l'impression que mes descriptions tissent un lien entre nous. Puis je raconte les nuages, comme je peux, leurs formes et leurs architectures éphémères. Mais elle est insatiable : elle me montre une publicité pour un serveur Minitel à 1,50 euros la minute, qui représente un couple enlacé ; ils sourient de toutes leurs dents. Ils ont trouvé le grand amour sur le 36 15 AVEQ. Sa maigre expérience du monde de la surface doit beaucoup à la publicité. Étrange manière de découvrir les choses.

Alors, bien sûr, elle me demande :

« Et qu'est-ce que c'est, l'amour ? »

C'est encore plus difficile que les nuages… Je perds toute mon éloquence et je me mets à bégayer…

« Ce n'est pas 36 15 AVEQ… Je ne sais pas expliquer. C'est du corps… C'est de l'âme… »

Je raconte des âneries lamentables… Le peu que j'en sais, je ne saurais pas l'expliquer. Et puis c'est terrible de demander ça, de dénuder une ignorance si poignante ; j'en ai les larmes aux yeux. Je me résous à me taire. Elle me regarde ; elle attend. Elle est assoiffée de paroles et de précisions, mais là, mon intelligence s'est vidée… J'y pense. Je finis par trouver quelque chose à dire :

« Expliquer l'amour, c'est déjà donner beaucoup. Je ne peux pas t'expliquer parce que je ne te connais pas. Je ne comprends pas qu'on puisse demander ça.

— Alors, demandez, vous aussi, pour me connaître, pour pouvoir m'expliquer par la suite…

— D'où viens-tu ?

— Ce sont des travaux qui m'ont tirée de mon sommeil. Une machine a éventré ma cachette. Je suis tombée dans les gravats et dans la boue ; j'ai rampé et j'ai fini par trouver les couloirs.

— Quand était-ce ?

— Hier.

— Ce n'est pas possible. Je t'ai vue bien avant.

— Ou alors il y a très longtemps. Il y a un siècle. Et l'amour ? »

Je me tais. Je suis émue parce qu'il y a ces choses qu'elle ne comprend pas du tout. Le temps semble être l'une d'entre elles. Quoiqu'il soit possible qu'elle seule le comprenne vraiment… Cette immense solitude m'étreint le cœur ; pourtant, il ne faut pas que j'oublie combien elle peut être dangereuse et cruelle. D'ailleurs, d'autres questions me tourmentent.

« Et les gens ? Les gens que… pourquoi est-ce

qu'ils ne se défendent pas ? Pourquoi est-ce qu'ils ne crient pas ?

— Parce qu'ils veulent bien me donner leur sang. Je les embrasse, ils sont contents... »

Un violent frisson de dégoût me secoue. Je me lève pour m'écarter, et je crie presque :

« C'est faux ! Donner son sang ainsi, ce serait de l'amour. Ils ne t'aiment pas. Ils ne te connaissent pas. Tu es étrangère à tout. »

Je me dirige vers la porte du wagon, elle ne bouge pas. Elle presse juste ses mains l'une contre l'autre. Je finis :

« Personne ne peut t'expliquer l'amour, pas davantage que réchauffer tes mains froides. »

Le métro s'arrête.

Je me précipite dehors. Elle ne me suit pas. Quand je me retourne enfin, je la vois par la vitre du wagon qui s'en va, doucement puis de plus en plus vite.

Et là, bêtement, comme le mouvement brutal que j'ai fait a réveillé la douleur dans mon genou, je pleure en remontant l'escalier vers la surface. Et je déteste pleurer.

Arrivée chez moi, je file dans ma chambre. Il ne faut pas que mes parents voient ma chemise déchirée et ma mine défaite. Cependant, j'ai eu beau me précipiter, mes yeux gonflés et ma voix cassée n'ont pas échappé à ma mère. J'ai juste le temps de me changer, et elle entre.

Elle me console, elle me parle, elle me dit que je peux compter sur elle, sur sa compréhension, sur sa tendresse. Qu'il faut que je lui fasse confiance. Je réponds que je sais, que je n'ai pas cessé de le savoir. Elle s'assied à côté de moi sur le lit, un bras sur mon épaule. En vérité, je ne sais pas comment lui parler de tout ça. Le seul biais que je trouve, pour lui faire part un peu de mes angoisses, c'est de lui demander :

« L'amour, qu'est-ce que tu crois que c'est ? »

Elle ne se dérobe pas, elle n'a même pas vraiment l'air étonné par ma question. Elle essaie de répondre, avec ses mots, ses idées, le plus franchement possible. Je suis contente de savoir de quelle manière elle voit les choses. Ce n'est pas forcément la vérité, mais c'est un témoignage précieux.

Je suis calmée. L'atmosphère est plus sereine, comme souvent lorsqu'il y a eu des larmes et de grandes explications. Après le dîner, j'essaie de regarder la télévision avec eux. Je reste un peu, même si l'émission m'ennuie, puis je retourne dans ma chambre après les avoir embrassés tous les deux.

Je reste éveillée sur mon lit. Je pense, ou plutôt je rêve. Des images de ma journée me reviennent ; je les ressens vivement. Je palpe mon épaule meurtrie. Ça passera. Je pense à l'incroyable solitude de mademoiselle V., à sa triste ignorance de tout ce qui est humain. Il y a aussi en moi de la solitude, et de l'ignorance, c'est sans doute pour cela que je la comprends un peu, malgré… malgré sa méchanceté. Je l'imagine seule dans ses couloirs souterrains cette nuit, et ce n'est plus de la peur que j'éprouve, mais de la compassion. Ses errances dans les ténèbres, sa tendresse pour de pauvres ossements, sa beauté, aussi, cependant. Ses yeux…

J'ai l'esprit tellement gonflé d'images et de mots que je me relève. Et, sans savoir vraiment ce qui me prend, j'écris un poème, mon premier, peut-être aussi le dernier. Puis je le relis. Il n'est pas terrible, mais il dit tout de même quelque chose :

LÀ-DESSOUS
Elle est
Elle est là-dessous
Elle est cachée, sombre, souterraine
J'imagine qu'elle a froid
Elle est belle comme une lame de couteau
Elle a des paillettes d'or au fond
De ses yeux fous
Elle est dangereuse
Elle est la face cachée, l'autre côté
Elle est du siècle des ombres et de la ville-ténèbres
Je sais qu'elle est sans haine

Et je signe « Hélène ».

Je relis encore, sur mon lit, puis je le glisse sous mon oreiller. Cette nuit-là, je ne dors pas du tout. D'ailleurs, je dors mal aussi les nuits suivantes, jusqu'au samedi.

chapitre 8

La veste de cuir

Samedi, je suis retournée à la station de R.E.R. Luxembourg, à peu près à la même heure que mercredi dernier. Et je l'ai trouvée, assise sur un banc. Ce n'est pas très prudent, avec toutes ces caméras qui surveillent la station. Nous nous retrouvons comme si nous nous étions donné rendez-vous. Je ne sais pas si elle m'attendait, ou si elle passe là tous les jours au même moment de la journée. Je ne lui ai pas posé la question. Nous avons pris le premier train qui est passé.

Dans le wagon, je la regarde et je me rends compte que je ne sais pas du tout ce que je suis venue faire ici avec elle ; je sais seulement que tout n'est pas fini ; que nous avons encore des choses à nous dire avant de nous séparer pour de bon. Au bout d'un moment, elle me demande :

« Et les oiseaux ? Comment sont-ils ? »

Elle n'a pas l'air de m'en vouloir du tout, ni pour avoir triomphé d'elle, ni pour ce que j'ai dit. Sans soupirer, je raconte ce que je peux des oiseaux, du bruit de leurs plumes dans l'air : le froissement d'un vol de pigeons, le déchirement provoqué par l'aile d'une hirondelle... Leur chant tôt le matin, ou lors d'une éclaircie après une averse, leurs couleurs, leur nid au creux d'une branche ou sous le rebord d'un toit, la chaleur et le frémissement d'un oiseau tenu doucement dans la main.

Je vois qu'elle tient sa main en coupe ; elle mime ce que je suis en train de dire : la main qui tient doucement l'oiseau... Et ça me crève le cœur, cette candeur insensée de mon vampire. Cette candeur sans issue...

Nous tournoyons dans les souterrains, de correspondance en correspondance, de ligne en ligne, au hasard. Je me demande ce que je peux faire pour elle... Ce que je peux lui offrir. Je n'ai qu'une idée idiote, que je lui soumets, cependant. Ce que j'aurais pu faire avec Anaïs un mercredi après-midi pluvieux et guetté par l'ennui, quelque chose de parfaitement banal. Nous pourrions aller dans une boutique souterraine des Halles lui acheter un autre T-shirt ; le sien est usé et sali. Elle répond en hochant vivement la tête, comme une enfant trop timide pour montrer son enthousiasme.

Nous débarquons donc dans les galeries marchandes du Forum des Halles, nous plongeons dans la foule qui l'envahit tous les samedis. Nous regardons les vitrines. J'essaie de compter l'argent que j'ai dans la poche, car elle n'en a sûrement pas. Elle est parfaitement à son aise dans cette cohue étouffante. Et pour cause, me dis-je en frissonnant. Nous croisons de temps à autre une patrouille de CRS, mais nous sommes protégées par le nombre comme l'arbre dans la forêt. Les portraits-robots du vampire, affichés ici ou là, ne leur sont d'aucune utilité.

Après beaucoup d'hésitations, d'allers et retours, de calculs approximatifs à partir des prix indiqués par les étiquettes dans les vitrines, je l'entraîne dans une boutique. Elle choisit sur un portant une sorte de petit pull bleu électrique ; elle veut le mettre tout de suite. Elle enlève sa veste de cuir et je dois la retenir et la pousser vers une cabine d'essayage, sans quoi elle se serait déshabillée au milieu du magasin. Elle a révélé tout de même un peu de sa peau blanche, d'une blancheur immaculée. Elle ressort de la cabine, elle semble très heureuse de son pull, très moulant et très voyant. Elle parade dans la boutique avec ses lunettes noires. Elle passe devant un miroir et je frémis. Je n'y avais pas pensé. Je crains d'assister à quelque chose d'affreux, j'entends déjà les hurlements retentir dans la boutique, mais il ne se passe rien, son reflet est bien là. Une fine jeune fille pâle aux cheveux noirs comme l'aile du corbeau, des lunettes noires sur le nez, avec un pull bleu électrique. On a raconté beaucoup de mensonges sur les vampires.

On ressort, on repart. Nous passons devant un cinéma et, comme il me reste de l'argent, je lui propose d'aller voir un film. Elle ne sait pas ce que c'est, elle n'a vu que les photos affichées à l'extérieur. Je prends des places au hasard pour le film qui commence maintenant. J'achète même des glaces. Mais à peine a-t-elle porté la sienne à sa bouche qu'elle se met à cracher et à vomir. Je l'accompagne aux toilettes et nous manquons les bandes-annonces. Le film qui suit constitue une bonne surprise, c'est un film américain invraisemblable et foisonnant qui se passe à plusieurs époques à la fois ; il y est question de sociétés secrètes et de menaces apocalyptiques. Elle regarde, fascinée, tellement fascinée que nous restons à la deuxième séance et, comme le film dure deux heures, quand nous sortons, il est tard et les passants se sont raréfiés. Nous revenons au métro. J'ai un peu la migraine ; les couloirs sont lugubres et déserts. Je me demande soudain ce que je fais là, quelle nouvelle folie m'a prise. La peur revient petit à petit. Cette journée s'est consumée et elle ne reviendra plus. J'ai envie de rentrer chez moi.

Je le lui dis :

« Maintenant, il faut que nous nous séparions… Je… »

Je ne sais pas si nous nous reverrons. Sans doute, je n'aurais pas dû… Peut-être est-ce la dernière fois que je la regarde. Je lui fais signe de s'approcher, je veux l'embrasser malgré tout pour lui dire adieu, mais quand j'approche de sa joue, elle secoue la tête. Nous nous cognons le crâne l'une contre l'autre. Ça fait mal et je me frotte le front. Il faut que j'explique :

« C'est pour se dire au revoir. Tu as dû voir des gens le faire. »

On recommence ; ça va un peu mieux, mais son baiser sur ma joue est froid et triste. J'explique encore :

« Normalement, on fait un petit mouvement avec les lèvres et on fait un petit bruit, comme ça. »

Elle enlève ses lunettes, j'aperçois un instant la nuit pailletée d'étoiles de ses yeux, puis elle essaie encore une fois, et si le bruit est un peu bizarre, c'est tout de même un peu mieux.

Puis, bravement, malgré la tendresse terrible que j'éprouve soudain pour elle, je lui tourne le dos et je me dirige vers la sortie.

Quand j'arrive chez moi, mes parents sont déjà couchés. Malgré l'heure tardive, j'ai le courage d'appeler chez Julien. Heureusement, il ne dort pas encore ; je lui fixe rendez-vous pour le lendemain à Montmartre, tout en haut de la ville. Puis je dors, enfin.

Au matin, je descends prendre une tasse de thé.

Mon père, dont c'est la détestable habitude, a

allumé sa radio braillarde. C'est le bulletin d'informations. J'ai le temps d'entendre : « Au moment où le vampire du métro s'attaquait à sa septième victime… », puis il éteint. Il n'aime pas que j'entende parler de cette histoire. Il se doute sûrement de quelque chose. Par malheur, cette radio est allumée quand je voudrais du silence et éteinte quand j'aurais voulu l'écouter, mais j'évite de faire une remarque. J'ai tellement de secrets à cacher que j'en deviens prudente.

Au moment où je vais sortir pour aller retrouver Julien, on sonne. J'ouvre et, sur le palier, qui d'autre que l'inspecteur Raymond Schwartz ? Il a toujours une cravate éclatante, mais, cette fois-ci, son air fatigué, ses yeux cernés lui donnent un air sérieux. Sa main chiffonne nerveusement un gros sac en plastique.

Je recule, effarée. Il dit très vite :

« Pardon, mais il faut que je vous parle. »

C'est clair, je suis prise. Il sait sûrement que j'ai hanté le métro avec mademoiselle V., que j'ai dissimulé des informations précieuses, au point de devenir sa complice. Je vais aller en prison. Mon père est sorti de la cuisine, il veut s'interposer. Il n'est plus temps. Alors je dis :

« Laisse, c'est le lieutenant stagiaire Raymond Schwartz. Il s'occupe de l'affaire du métro, tu sais. Il faut qu'il me parle…

— De quel droit… ? » proteste mon père.

Je répète encore : « Laisse, papa ! »

Je crois qu'il va falloir que je paie pour mes folies. Tout le monde va savoir, elles vont être exposées au grand jour. Peut-être va-t-on me mettre dans un hôpital psychiatrique ? Je fais entrer Raymond Schwartz dans la cuisine. Mon père nous suit, je ne peux pas l'en empêcher. Nous sommes tous les trois bêtement debout dans la petite pièce, autour de la table en Formica. Pourtant, l'inspecteur stagiaire, alors que je suis prête à tout avouer, ne m'interroge pas. À la place, il raconte. Il est vraiment venu me dire quelque chose :

« Elle a essayé de sortir du métro, hier soir, vers minuit et demi ; après avoir fait une nouvelle victime. Normalement, personne ne le sait encore… Elle a été repérée par un agent de sécurité, elle était en train de… de saigner quelqu'un. J'étais non loin de là, vous savez, Denfert, l'enfer, le royaume des morts, la possibilité m'intéressait… Bref, ce n'est pas ce que je suis venu raconter. J'ai été prévenu le premier. J'ai contacté Hoël chez lui, puis je suis parti à sa recherche. Je l'ai vue ; elle était sortie en face de la statue du lion ; je l'ai prise en filature, le long de l'avenue du Général-Leclerc, en direction de la station Mouton-Duvernet. Je me demandais pourquoi elle s'était décidée à sortir, je ne pensais pas que… Hoël, lui, de son côté, a demandé une équipe de la brigade d'intervention.

« Elle marchait devant moi, le nez en l'air. On atteignait le carrefour Alésia quand ils sont arrivés.

« Les freins ont hurlé. Ils sont sortis de leurs voitures et ils ont ouvert le feu. Elle s'est mise à courir, malgré les impacts des balles qui l'atteignaient. Elle a fait encore cinquante mètres, jusqu'au milieu du carrefour ; elle est tombée. Je courais aussi ; je l'ai rattrapée, je hurlais pour qu'ils cessent le feu. Ils ne m'auraient pas obéi, mais ils risquaient de me blesser s'ils continuaient à tirer et, pour le coup, ça leur aurait créé des ennuis. Elle était allongée par terre, repliée sur elle-même. Je me suis penché, elle voulait dire quelque chose…

« Je n'arrivais pas à la comprendre. Je me suis

agenouillé à côté d'elle. Elle a dit : "Donnez ma veste à Hélène. Ça lui fera un souvenir."

« Je n'ai pas tardé à comprendre que c'était de vous qu'elle parlait. Puis elle m'a agrippé par la cravate. J'ai essayé en vain de dénouer ses doigts. C'était une étreinte d'acier. J'étais terrifié. Elle m'a attiré vers elle, je me suis débattu. Je croyais qu'elle voulait me mordre. Et puis elle m'a embrassé sur la joue… Comme je vous le dis. Elle m'a embrassé, m'a lâché. Et c'était fini.

« Voilà… Il fallait emmener son corps à l'Hôtel-Dieu ; dans le désordre qui a suivi, j'ai réussi à escamoter sa veste. Je ne sais pas si vous la voulez… Il y a des trous… Je l'ai nettoyée comme j'ai pu. »

Je regarde mon père à travers mes larmes. Il n'a rien compris… Forcément, c'est un peu compliqué. Je prends la veste de cuir, j'effleure les deux trous et, sous ses yeux médusés, je l'enfile. Je bégaie :

« Merci… »

Les mots ont du mal à sortir, ma voix est étrange. Je file vers la porte en esquivant les bras de mon père, qui tente de me retenir. Ma voix bizarre et éraillée dit :

« Je reviens tout à l'heure. Je t'expliquerai. »

Et je me sauve. Je cours vers le sommet de la Butte. Je suis en retard. J'espère que Julien m'a attendue. Le soleil brille et les larmes dans mes yeux font des étoiles rayonnantes. La veste de cuir est trop chaude pour la saison et mon genou me fait mal. J'arrive en haut hors d'haleine, en sueur et en pleurs. Le Sacré-Cœur de Montmartre. Julien est assis sur les marches, comme prévu. Je devine à son visage qu'il n'a pas encore eu le résultat de ses analyses.

Il y a aussi des touristes qui rient, qui prennent des photos, et toute la ville en dessous, avec ses tours, ses dômes et ses toits, vraiment belle. Julien voit que j'ai pleuré. Il essuie mes larmes d'une main qui tremble un peu. Et je raconte, assise à côté de lui :

« Tu sais, elle est morte pour de bon… Le vampire… Je lui ai parlé. Ce n'était pas vraiment un monstre… Simplement comme quelqu'un qui serait venu d'un pays trop lointain, trop nocturne… »

Tipik

junior

1. *Le grimoire d'Arkandias*, E. Boisset
2. *Arkandias contre-attaque*, E. Boisset
3. *Le sarcophage d'outretemps*, E. Boisset
4. *Sortilège au Museum*, P. Delerm
5. *Meurtre à Honfleur*, M. Delerm
6. *Le signe de Saturne*, J.-Y. Loude
7. *Sacré scarabée sacré*, F. Jay d'Albon
8. *Témoins sur vidéo*, B. Aubert & G. Cavali
9. *À plein tube*, F. Librini
10. *Nicostratos*, E. Boisset
11. *Le manoir d'Orleur*, D. Convard
12. *Indiana Jules*, C. Laborde
13. *Tom chewing-gum*, O. Ka
14. *L'inconnu du 13 octobre*, F. Librini
15. *La nuit de Maï Ahn Li*, J.-L. Estèbe
16. *La cavalière de l'autre rive*, M. Amaury
17. *Pris au piège*, F. Arcis
18. *Le vol du nez*, J.-Y. Loude
19. *Les trois crimes d'Anubis*, D. Convard
20. *Dix petits blacks*, D. Convard
21. *Meurtre à Noirmoutier*, M. Delerm
22. *La fiancée du Nil*, C. Jacq
23. *Le chant sacré des baleines*, E. Simard

24. *Le secret d'Akhénaton*, F. Jay d'Albon
25. *Le maître des éléphants*, R. Guillot
26. *L'homme au chapeau*, Sarah K.
27. *Marvin a kidnappé le Président*, M. Honaker
28. *La mort sous contrat*, B. Aubert & G. Cavali
29. *La théorie de l'oignon*, J. Manini
30. *Le sorcier de Saint-Rambert*, A. Charpentier
31. *Meurtre au Salon du livre*, M. Delerm
32. *La nuit du 8 décembre*, J. Chaboud
33. *Les brumes du Connemara*, E. Simard
34. *Ronan le défaiseur*, S. Benson
35. *Télétoc*, G. Streiff
36. *Traquées !*, M. Amelin
37. *Graine de résistant*, A. Ténor
38. *Nuit blanche*, M. Séassau
39. *L'armée du Cornu*, F. Aubry
40. *Le souffle de la pierre d'Irlande*, E. Simard
41. *Meurtre à la romaine*, M. Delerm
42. *Mademoiselle V.*, J.-B. Evette
43. *Le maléfice d'Isora*, B. Aubert & G. Cavali
44. *Marine tisse sa toile*, Elsa Devernois
45. *Aldebaran 33°N, 77°E*, Martine Pouchain
46. *Rio Diablo*, Christophe Lambert
47. *T.O.C.*, Adeline Ysac
48. *Né de mère inconnue*, Philippe Barbeau

Collection animée par Jack Chaboud

Magnard Jeunesse, 1999
20, rue Berbier-du-Mets
75013 PARIS
www.magnard.fr

Loi n° 49-956 du 16-07-1949 sur les publications destinées à la jeunesse.

Conception de couverture : Lonsdale
Photogravure : André Michel
N° ISSN : 1767-3038 / N° ISBN : 2210 984 823

N° d'éditeur : 2005/230 – Dépôt légal : mars 1999
Achevé d'imprimer en juin 2005 par SYL - Barcelone (Espagne)